KB052176

교사여서
다행이다

교사여서 다행이다

초판 1쇄 발행 2021년 12월 15일

지은이 이창수

발행인 김병주
COO 이기택 **CMO** 임종훈 **뉴비즈팀** 백헌탁, 이문주, 김태선, 백설
행복한연수원 배희은, 박세원, 이보름, 반성현
에듀니티교육연구소 조지연 **경영지원** 박란희
편집부 이하영, 최진영, 박준규
디자인 디자인붐

펴낸 곳 (주)에듀니티
도서문의 070-4342-6110
일원화 구입처 031-407-6368 (주)태양서적
등록 2009년 1월 6일 제300-2011-51호
주소 서울특별시 종로구 인사동5길 29 태화빌딩 9층
출판 이메일 book@eduniety.net
홈페이지 www.eduniety.net
페이스북 www.facebook.com/eduniety
인스타그램 www.instagram.com/eduniety/
　　　　　　www.instagram.com/eduniety_books/
포스트 post.naver.com/eduniety

ISBN 979-11-6425-111-7 (03810)
값은 뒤표지에 있습니다.

문의하기

투고안내

교사여서
다행이다

X세대 교감의 MZ세대 바라보기

이창수 지음

"교감 선생님, 학생 생활 규정을 개정해야 하는데 도와주실 수 있으세요?"

다른 업무를 한창 하고 있는데 선생님 한 분께서 서류 한 뭉치를 가지고 오시더니 대뜸 도움을 요청하셨다. 잠시 '어떻게 할까?' 고민이 되었다. 분량이 만만치 않은 규정들을 하나하나 읽으면서 수정해야 할 부분을 찾아내야 했기에 부담이 컸다. 시간적으로든 정신적으로든 고단한 과정일 게 불 보듯 뻔했다. 솔직히 망설여졌다.

"선생님, 의자 가지고 오셔요. 자, 1장 1항부터 살펴봅시다."

수많은 조항 앞에 난감해하시는 선생님과 마주 앉았다. 그리고 규정을 하나하나 짚어가며 초안이 작성될 수 있도록 조언을 드렸다.

"교감선생님, 늦은 시간까지 도와주셔서 감사합니다."

예전에는 학교를 운영하시는 교감선생님들이 꽤 권위적이었다. 가까이 다가가기가 어려웠다. 교사가 바라보았을 때 교감은 교사를 관리 감독하는 사람이었다. 그런데 시대가 달라졌다. 교감을 바라보는 교사의 시선은 물론이려니와 기대하는 바도 달라졌다. 스포츠로 예를 들면 플레잉코치(Playing Coach, 선수로서 경기에 참여하는 동시에 팀의 선수들을 지도하는 일도 병행하는 사람)가 되어주기를 바라고 있다. 단순히 책상에 앉아 결재만 하는 것이 아니라, 직접 교무의 일을 담당하고 학교의 크고 작은 일에 발 빠르게 대응하는 것이 새로운 교감의 역할이라 할 수 있다.

교사 시절, 언젠가 내가 교감이 되면 무엇을 할지 생각한 적이 있다.

'선생님들을 도와드려야겠다.'
'도와드리려면 실력이 있어야겠지!'

시험에 떨어져본 사람만이 재수생의 심정에 공감할 수 있듯이, 교사 시절 두루두루 다양한 업무를 하며 좌충우돌했던 경험은 현재 선생님들의 고충을 이해하는 데 큰 자양분이 되고 있다. 비록 1년 차 교감이지만 아는 만큼 보인다라는 말이 피부에 와닿고 있다. 선생님들을 도와드리려면 그만큼의 실력이 있어야 한다. 물론 나도 관료주의의 타성이라는 유혹에 노출되곤 한다. 젊었을 때 고생했으니, 이제 좀 누려보고 싶다는 욕심도 든다. 내 안의 싸움은 그칠 줄 모른다. 현재의 편안함만 추구하려는 욕심이 똬리를 틀고 있다. 경계해야 할 적이다.

사실, 학교 안에서 교감의 존재감이 크다고는 할 수 없다. 학교장은 기관의 최고 운영자로, 교사는 학급을 담임하며 학생을 가르치는 역할로 존재감이 뚜렷하다. 반면 교감은 중간에 끼인 애매한 존재다. 전면에 나

서기도 그렇고 그렇다고 가만히 있기도 뭐한 그런 존재. 그렇기 때문에 수동적이기 쉽다. 주어진 권한은 제한된 반면 책임과 역할은 점점 늘고 있다. 그렇지만 교감으로서 실재감을 드러내고 싶었다. 교감의 정체성을 찾기 위한 과정을 책에 담으려 했다.

1장 '교감하는 교감'에는 교감으로서 다양한 사람들을 만나 생각을 나누고 공감하기 위해 노력했던 일상을 담았다. 교감(交感)하는 이유는 교사의 편에 서기 위해서다. 학교장과 학부모, 행정실 직원들과 공무직원들, 지역주민들과 교감(交感)하려고 애썼던 것도 교사의 편에 서기 위함이었다. 교감(交感)하기 위해 도움이 될 만한 책들도 추천해놓았다.

2장 '라떼타임'은 내가 아직 햇병아리 교사였던 시절의 추억담이다. 새삼 옛날이야기를 끄집어내는 건 피 끓던 당시의 초심을 잃지 않기 위함이기도 하다. 좋은 추억도 있지만 '교사도 사람이라'라는 글에서처럼 공개하기 부끄러울 정도로 창피한 모습도 솔직하게 담아내려 했다. 반면교사로 삼기 위해서다.

3장 '불편한 교감'에서는 교감을 바라보는 불편한 시선부터 교감이 불편해하는 업무, 민원, 사람들과의 관계 등을 생각해보았다. 불편함을 느끼며 생활하는 교감선생님들의 회복을 기원하며, 각각의 글 끝에 개인적인 추천도서를 덧붙였다. 모두 내가 직접 읽고 서평을 쓴 책들이다. 시간적 여유가 된다면 일독해보셨으면 한다.

4장 '슬기로운 교감 생활'은 1년 남짓했던 교감 생활의 생생한 기록이다. 신규 교감이었기에 오히려 신선했던 일상의 이야기를 담았다. 그리고 남은 생애 동안 교감으로서 활동하는 데 필요한 다짐도 덧붙였다.

사실, 이 책의 출간 자체가 기적이었고 무모한 도전이었다. 교사에서 교감으로 갓 바뀐 시점에, 새로운 역할에 적응하는 한편 이전보다 더 커진 책무를 수행해야 할 시기에 책을 쓴다고 나섰으니 누가 봐도 말이 안되는 시도였다. 주위에 많은 도움의 손길이 있었기에 책으로 출간될 수 있었다. 일등공신은 가족들이다. 사랑하는 아내와 세 자녀의 도움이 컸다. 1년 동안 꼬박 책 쓴다고 집안일에 소홀했고 자녀들에게 시간을 내주지도 못했다. 남편의 빈자리, 아빠의 빈자리를 참아주어 고맙고 감사하다. 그리고 곁에서 책 잘 쓰라고 기도해주신 목사님과 선교사님께 감사드린다. 교직의 멘토이자 지금의 자리에 있기까지 도움을 주신 여러 교장선생님들께 감사드린다. 그분들이 앞서 가신 걸음을 조금씩 뒤따라 갈 뿐이다. 부족한 원고를 다듬고 뼈에 살을 붙이듯 아낌없이 조언해주신 편집장님께도 감사드린다. 끝으로 강원도교육연구원 원장님께 감사드린다. 책 출간 공모에 수많은 기획서가 있었음에도 불구하고 부족한 내 기획서를 외면하지 않고 기꺼이 힘을 실어주시고 기대를 실어주셨다. 이처럼 많은 분의 도움으로 책이 나올 수 있었다. 이제 빚진 자의 심정으로, 내가 쓴 글에 부끄럽지 않은 교감의 삶을 감당하며 살아내겠다.

2021년 11월 20일
골방에서 이창수

차례

3장·불편한 교감

4장·슬기로운 교감 생활

1장

교감하는 교감

소통의 필수 조건은
공간

교사에게 학급은 아이들과 함께 1년을 살아가야 할 장소다. 교사는 짧게는 1년 많게는 5년 근무한다. 근무지를 옮기려면 생각보다 신경 쓸 일이 많기에 특별한 사정만 없다면 만기를 채우려고 한다. 교감에게 학교란 무엇일까? 일하는 장소, 잠깐 머물다가 가는 장소일 수도 있다. 교감은 교사와 다르게 학교를 자주 옮기는 편이다. 짧게는 1년, 길게는 2~3년 정도 근무한다. 교감이 자주 학교를 옮기는 데에는 여러 가지 이유가 있겠지만 피로도가 쌓이기 전에 환경을 바꿔줄 필요가 있어서가 아닐까 싶다. 교감은 될 수 있는 한 작은 규모의 학교를 선호한다. 학교 규모가 작으면 아무래도 일도 적을 것으로 짐작하고 기회가 닿으면 작은 학교로 가려고 한다. 그런 생각이라면 현재 근무하는 학교에 대한 애착도 적을 것이다.

"집이 어디세요? 학교는 어디 나왔어요?"

학교를 옮긴 직후에 줄기차게 받는 질문이다. 내가 젊을 때 공부한 곳, 현재 살고 있는 곳이 왜 그렇게 중요할까? 하지만 이런 질문을 하는 사람의 속뜻은 학연, 지연을 따지려는 게 아니다. 이 학교에 잠시 있다 떠날 사람인지, 오래 함께할 사람인지가 궁금한 거다. 그 지역 사람이 아닌 경우면 언젠가는 떠날 사람이라고 인식하는 듯하다. 나처럼 장거리 출퇴근자는 영락없이 '좀 있다 떠날 사람'으로 분류된다. 그렇게 여기는 걸 내가 뭐랄 수는 없지만 최소한 잠시 있다 떠나갈 사람처럼 굴지는 말아야겠다는 생각을 하게 된다. 근무하는 동안만큼은 애정을 가지고 정성껏 근무해야지, 하고 다짐한다.

교감이 되고 처음 관여한 일은 학교 공간 개선 업무다. 교장선생님과 학교 시설을 돌아보며 보수가 필요한 곳을 점검하고 예쁘게 꾸미면 살아날 공간을 살펴보았다. 환경 개선을 위해 손볼 데가 여러 군데였는데 마침 업자가 견적을 내기 위해 온다고 해서 함께 만났다. 학교 공간 좀 손본다고 크게 달라질 것이 뭐 있겠냐고 생각할 수 있겠지만 공간이 바뀌면 교육 효과도 달라지는 게 사실이다.

학부모가 학교에서 가장 관심을 갖는 공간은 돌봄교실이다. 저학년일수록 맞벌이 가정이 많아 수요가 높다. 하지만 돌봄교실 공간을 효율적으로 개선할 아이디어가 있어도 예산이 문제다. 예산을 신청하라는 공문이 왔지만 우리 학교는 우선순위에서 밀려나 있던 터라 기대하기 어려워 보였다. 그런데 교장 선생님은 혹시 모르니까 신청서를 내고 예산을 받을 수 있도록 노력해보자신다. 가능할까? 신청서 만드느라 진땀만 빼는 게 아닐까 싶었지만 일단 신청해보기로 했다. 담당 장학사는 예산

신청은 얼마든지 해도 되지만 작년에 연계형 돌봄교실 예산을 교부받아서 올해는 힘들 거라고 했다. 일단 신청했더니 교육지원청에서 현장 실사를 나온단다. 교장선생님은 현장 실사단에게 브리핑할 돌봄교실의 문제를 짚어주셨다. 공간은 협소한데 돌보는 학생들을 한눈에 파악하기 어려운 구조다. 처음 학교에 온 1학년 학생들이 편안하게 쓸 수 있는 책걸상도 필요하다. 공간에 대한 안목을 기르고 현실적인 개선 방안을 마련하고 그것을 실현하는 경험을 쌓을 기회라는 생각이 들었다. 같은 예산이라도 어떻게 쓰느냐에 따라 결과가 달라진다. 관리자가 관심을 기울이는 만큼 확연히 달라진다. 정확하게 요구할 수 있어야 정확한 결과물이 나오니 섬세한 커뮤니케이션 능력과 꼼꼼함도 필요하다. 몇 년을 내다보고 물건 하나에도 신중을 다해야 한다. 학생 입장에서 교육적 효과를 높일 수 있는 방법을 최대한 생각해내야 한다. 이런 생각을 하는 사이 돌봄교실 공간 예산이 확보되었다는 소식이 들렸다. 돌봄교실이 좀 더 쾌적해지고 1학년 학생들과 학부모들도 좋아할 것이다. 여기서 만족하지 않고 앞으로도 학교의 구성원들이 불편해하는 점을 지속적으로 발견하고 꾸준히 개선되도록 노력하는 교감이고자 한다.

봄마다 우리 학교 등하굣길은 아름다운 꽃길이 된다. 지나는 사람들 모두 기분이 좋아지는 공간이다. 언젠가 교직원들이 등하굣길을 아름답게 꾸며보자는 데에 마음을 모았고, 그때 다 함께 꽃길을 만든 것이라고 한다. 우리 학교 구석구석에도 자투리땅이 많이 있다. 이곳에도 아름다운 꽃밭을 꾸며보자는 의견이 나왔다. 교직원들이 힘을 모아 꽃모종을 직접 심었다. 세 개 팀으로 나누어 일사분란하게 움직이니 한 시간 반만에 끝이 났다. 등굣길 데크길 가에 색깔별로 모종을 심고 남은 것을 학교 담벼락에도 심고 운동장 주변에도 심었다. 교장선생님이 수고한 교직원 모두를 위해 맛난 탕수육을 사주셨다.

요즘은 대면 만남이 어렵다. 얼굴을 봐야 소통이 좀 더 이루어질 수 있는데 아쉬운 면이 크다. 그렇다고 해서 손 놓고 있을 수가 없다. 다양한 플랫폼의 비대면 만남을 통해 소통의 끈을 계속 이어가야 한다. 교감이 할 수 있는 일이 무엇이 있을까? 생각해보니 그렇다. 학교 밴드에 올라온 글과 사진에 열심히 댓글을 달며 학교의 생각과 방향을 학부모님께 알리면 어떨까? 생각을 공유하면 어떨까? 여러 생각이 들었다. SNS에 대한 찬반 의견이 여러 부분 있는 것도 안다. 한번 발을 담그면 빼기 힘들다. 그냥 눈팅만 하면 모를까 적극적인 의견 개진과 공감 표시도 하나의 일이 될 수 있다.

'어떻게 할까. 모른 척하고 올라온 글만 볼까.'

'아니야, 밴드를 만들었으면 학교 측에서도 누군가는 적극적으로 활동하는 모습을 보여주어야 하지 않을까?'

단순히 알리는 목적의 게시글은 생명이 없다. 냉랭하다. 그러나 누군가가 호응해주고 관심의 표시로 '좋아요' 한 번만 눌러줘도 글을 올린 사람은 힘이 나고 글을 보는 사람도 마음이 움직인다.

'그래, 일단 도전해보자. 나중 일은 나중에 생각하고.'

적극적으로 댓글을 달기 시작했다. 댓글 하나 달 때도 생각을 많이 하게 된다. 혹시라도 내 글이 누군가에게는 불쾌함을 줄 수 있으니. 자주 얼굴을 볼 수 없는 시기에 SNS 안에서라도 학교의 존재감을 알리고 학교와 교감하고 있다는 것을 보여주고 싶다.

학교공간을 고민하는 교사와 함께 읽고 싶은 책

학교공간, 어떻게 바꿀 수 있을까? · 홍경숙 외 지음
창비, 2020

몇 년 전부터 학교 공간을 바라보는 관점에 변화가 일어나고 있다. 특히 학생들이 가장 좋아하는 놀이 공간에 대한 생각이 달라지고 있다. 놀이 공간을 사용하는 대상이 학생들임에도 불구하고 그동안 놀이 공간을 구성할 때 학생들의 의견은 전혀 반영하지 않았다. 그냥 놀이 공간을 짓는 일 자체에 의미를 부여해왔다. 그런데 놀이 자체에 대한 인식이 달라지기 시작했다. 놀이가 곧 학생들의 삶이자 권리라는 관점에 따라 놀이가 일어나는 공간의 변화가 불가피해졌다. 어른의 시각이 아닌 학생들의 시각에서 놀이 공간을 만들어보자는 것이다.

《학교공간, 어떻게 바꿀 수 있을까?》에는 놀이에 대한 철학, 공간

주권에 대한 새로운 개념과 함께 특히 학교 놀이 공간에 대한 전문가들의 의견이 담겨 있다. 교감이라면 학교 공간에 관심을 가져야 한다. 학생들이 가장 즐겨 찾는 놀이 공간을 어떻게 바꿀 수 있는지, 놀이에 대한 패러다임이 어떻게 변화되고 있는지 알아야 한다. 그런 점에서 이 책은 교감에게 중요한 시사점을 준다. 놀이 공간을 만들 때 설계부터 구성에 이르기까지 전문가뿐만 아니라 학교 구성원들의 협업이 필요하다는 점을 깨닫게 해주며 이때 학교 구성원인 학생을 제외시켜서는 안 된다는 점을 강조한다. 많은 예산이 들어가는 만큼 얼렁뚱땅 지어놓고 보자는 생각보다는 학교 전체가 학생들의 놀이 공간이 될 수 있도록 해야 하며 긴 호흡으로 학생들이 노는 모습을 관찰하여 설계에 반영해야 한다고 말한다.

이 책에서는 공간 주권이란 새로운 개념이 언급되고 있다. 공간 주권이란 말 그대로 공간에 대한 주인된 권리를 말한다. 놀이 공간의 주권은 학생들에게 있다. 학생들이 직접 보고 느낀 것이 놀이 공간에 반영되어야 한다. 전문가들은 학생들이 현재 및 미래의 삶 또는 삶의 터전에 대해 생각해보는 시간을 갖게 해주는 것, 삶의 가치에 대해 생각해볼 시간을 마련해주는 것을 공간 주권의 시작이라고 말한다.

이 책에서 말하는 놀이에 대한 철학은 우리가 일반적으로 생각했던 부분과는 다른 관점이다. 놀이는 실패와 좌절을 경험시켜주는 도구여야 하며 놀이를 통해 학생들이 감수할 정도의 위험을 느껴야 한다는 것이다. 안전과 위험을 함께 고려할 수 있는 놀이 공간을 만들 수 있을까라는 궁금증이 남는다.

학부모의 이야기
잘 들을 준비

"이건 아이들 사이에 일어난 장난이 아니지 않습니까?"

어제 일어난 일이다. 선생님이 교실을 잠깐 비운 사이에 학생 한 명이 손가락을 다쳤다. 필통에 넣어둔 쪽가위에 손가락이 찔려서 생긴 일이다. 이유가 어떻든 교실에서 친구들끼리 지내다가 일어난 일이기에 놀라지 않을 수 없었다. 보건선생님이 응급처치를 했다. 연락을 받고 급하게 달려온 학생 부모님들은 붕대를 감고 온 자녀의 모습을 보고 놀랐다.

다음 날 담임선생님이 교감에게 찾아왔다. 가위에 찔린 학생이 여덟 바늘을 꿰맸다는 사실을 알려주었고, 학생 부모님이 학교로 지금 오고 있다고 한다. 좋은 일 때문에 오시는 것이 아니기에 마음의 준비를 단단히 해야 했다. 담임교사에게만 맡겨두기가 불안했다. 찾아온 학부모도 교감을 만나보고 싶어 한다. 학부모님을 만나러 가는 짧은 시간에 여러 가지 생각이 들었다.

'많이 화가 나 있겠지?'

'진솔하게 대화에 임해야겠다.'

'어떤 이야기든 들어드려야겠다.'

부모님 표정을 보니 화가 많이 나 있었다. 격앙된 목소리에 울음도 섞여 있었다.

"이건 아이들 사이에 일어난 장난이 아니지 않습니까?"

"여덟 바늘이나 꿰맸는데 상처도 남는다고요."

"어떻게 같은 동네에 친구들처럼 지내던 사이인데…."

이야기를 끝까지 들어드리는 수밖에 다른 방법이 없었다.

"학생교육을 책임지는 사람으로서 이런 일이 발생한 것에 대해 죄송합니다. 마음이 많이 아프실 텐데 저희가 도와드릴 일이 없을까요?"

상처를 입은 학생의 부모님은 다른 친구들의 부모님도 이 사실을 알기를 원하셨다. 물론이다. 단, 부모 간의 감정싸움이 되지 않도록 하는 일이 필요하다. 담임교사와 교감이 머리를 맞대고 어떻게 전달할지 고민할 일이다. 시간이 흐르자, 감정은 많이 가라앉으신 것 같다.

"학교 측에서 공감해주어 고맙습니다."

자녀가 다친 것에 대해 어머님께서는 마치 자신의 잘못인 것처럼 이야기도 하셨다. 두 분의 부모님을 주차장까지 배웅해드렸다.

공감이 중요하다는 생각이 들었다. 학교 측에서도 학부모님과 만났을 때 가장 필요한 것은 공감이다. 교감은 모든 일을 담임교사에게만 맡겨둘 것이 아니라 직접 상황을 예의 주시하며 어떻게 전개가 될지 예상하면서 적극적으로 대화에 뛰어들 자세로 임해야 한다. 담임교사의 편이되어 힘도 실어주어야 한다. 학부모님을 만난 자리에서 담임교사가 할 수 있는 말이 얼마나 될까? 아이들 장난 과정에서 일어난 일이라고 했을 때 그 말 때문에 분노를 더 일으킬 수 있다. 이 상황에서 침착하게 대응할 수 있는 사람은 교감이다. 교감은 곧 책임자이기도 하다. 담임교사가 알아서 하겠거니, 학교폭력책임교사가 하겠지라고 생각할 게 아니라 힘든 과정이 예상되더라도 일단 초기에 뛰어들어야 한다. 대화 속에서 공감해드리면 문제의 실마리를 찾을 수 있다.

3월 초부터 학교장과 연구부장으로부터 학부모 특강을 의뢰받았다. 공식적인 학부모 교육을 여는 시간이다 보니 부담감이 크지 않다고 할 수 없었지만, 학교장이 친히 부탁한 일이라 거절할 수가 없었다. 예정된 시간이 다가올수록 뭔가를 준비해야 하는데 걱정만 앞섰다. 주제는 자녀 양육 코칭 부모교육이다. 세 자녀를 길러봤으니 일단 자격 조건은 충분하다. 부모에게 있어 가장 큰 화두는 교육임에 틀림이 없다. 내 자녀가 바르게 자라고 멋지게 자라길 바라지 않는 부모가 세상에 어디 있을까? 그렇기 때문에 더욱 부담이 된다. 교감이라는 사람이 특강을 한다는데 대충 할 수 없는 노릇이다. 다행히도 일단 주제가 정해지면 그 주제에 따른 데이터베이스는 충분했기에 덜 걱정스러웠다.

크게 세 꼭지를 잡았다. 학부모들의 가치관 변화, 내면 아이, 주도권 찾아오기다. 외부기관과 연계된 특강이라서 나 말고도 외부기관 강사도 함께 있다. 보통 학교에서는 간단한 인사말이나 학교 소개를 마치고 외부 강사에게 마이크를 넘기는 경우가 일반적이다. 학교의 자존심과도 관련된 일이라 짧은 강의 시간이었지만 최대한 열심히 준비했다.

학부모들에게 드릴 그림책도 12권을 준비했다. 외부에서 오신 분들 보란 듯이 열강을 했다.

"개그맨 보는 줄 알았습니다. 웃겨주셔서 감사합니다."
"교감 선생님의 열강 엄지 척! 명강사셨습니다."
"오늘 강의 참 좋았습니다. 이런 기회가 자주 있으면 좋겠습니다."
"교감선생님, 강의 들었던 3학년 엄마예요. 강의가 넘 좋았습니다. 자녀를 키우는 부모 입장에서 조언을 듣고 싶은데 방법이 없을까 하는 생각에 이렇게 문자 남겨요."

다양한 피드백을 받았다. 학교를 이루는 구성원 중에 학부모가 가장 많고 그만큼 중요한 존재다. 우리가 잘 알다시피 학교 현장에서 학부모로 인해 교사들이 힘들어하는 경우를 종종 본다. 소위 민원을 제기하며 교사의 수업권마저 뒤흔들려고 하는 학부모들이 언론을 통해서도 회자되고 있다. 내면 아이를 간직한 학부모들이 분노를 학교에다가 퍼붓는다. 학부모 속에 있는 내면 아이를 생각하며 힘들지만 경청한다면 불필요한 오해를 풀 수 있지 않을까 싶다.

요즘 자녀가 한 명이거나 두 명 정도가 대부분인 가정에서 자녀들은 그야말로 왕 대접을 받으며 살고 있다. 자녀의 존재가 소중한 것은 누구도 부인할 수 없다. 하지만 다육이에게 매일 물 주는 사람이 없는 것처럼 자녀에 대한 지나친 관심과 사랑은 절제해야 되지 않을까 싶다. 그 얘기를 담임교사가 이야기하기란 쉽지 않다. 교감이라면 다르다. 객관적 입장에서 소신 있게 철학을 이야기할 수 있고, 교감이라는 직위가 주는 아우라가 있기 때문에 자녀를 바라보는 가치관과 민원을 일으키는 주요한 원인인 부모 속에 있는 내면 아이를 건드려줄 수 있다.

학부모들과의 첫 만남에서 간단히 인사 또는 학교 소개로만 그칠 것이 아니라 자녀양육에 대한 관심이 높은 학부모의 수요에 따라 학기 초에 교장 또는 교감이 밀도 있는 양질의 강의를 준비하여 첫 만남을 유의미하게 펼쳐가면 어떨까 싶다.

교감이 신규 교사를
만났을 때

우리 학교에는 신규 선생님이 두 분이 계신다. 볼 때마다 나도 그런 시절이 있었지, 생각하게 된다. 참 열심이다. 퇴근시간을 잘 지키지 않는다. 다음 날 수업 준비를 하느라 그렇다. 심지어 주말에도 쉬지 않고 학교에 나온다. 현장체험학습을 다녀온 뒤에도 집으로 곧장 가지 않고 교실로 들어온다. 퇴근시간이 지났는데도 말이다.

"선생님, 다녀오시느라 고생 많으셨는데 바로 퇴근하세요."
"아, 네. 내일 수업 준비 좀 하고 갈게요."
"저녁은 먹고 해야죠."
"금방이면 됩니다. 집에 가서 먹을게요. 수업 준비가 급해서요."

저녁 먹는 것도 잊는다. 내일 수업이 뭐기에. 수업 하루이틀 할 게 아닌데 멀리까지 학생 인솔하느라 버스 안에서 지칠 대로 지쳤을 텐데. 하기야 신규 선생님들 고집을 누가 꺾으랴. 가방을 메고 학교로 들어가는 뒷모습을 보고 나는 퇴근했다.

하루는 신규 선생님 교실이 유난히 시끄럽다며 바로 아래층에 있는 선생님 한 분이 그 교실을 찾아갔다고 한다. 문 밖에서 들어보니 아이들 목소리, 담임선생님 목소리가 뒤엉켜 와자지껄 했단다. 도저히 참지 못하고 교실에 들어가서 장난꾸러기 아이들을 평정하고 나온 그 선생님이 교감인 나에게 와서 그 선생님 한번 만나보란다. 본인도 뭐라고 얘기할까 하다가 눈물부터 왈칵 쏟을까 봐 그냥 나왔다고 한다. 그렇다고 해서 교감이 불쑥 교실로 올라가 말을 걸면 더 부담을 주는 게 아닐까 싶어 다음 날 혹시 빈 시간이 있으면 만나봐야겠다고 생각했다. 퇴근하고 나서 내일 빈 시간이 언제냐고 물어볼까 싶다가도 퇴근 뒤에 교감이 보내는 문자를 받고 더 부담이 될 수 있을 것 같아 관뒀다.

다음 날 아침이다. 마침 교무실로 커피를 마시기 위해 들어온 선생님을 보고 인사를 드렸다.

"선생님, 커피 드시려구요? 내린 커피도 있어요."

"저는 달달한 봉지 커피가 좋아요."

"선생님, 혹시 오늘 전담 시간이 있어요?"

"네. 1, 2교시가 전담이에요."

"아, 그러면 혹시 저랑 잠깐 얘기를 나눌 수 있나요?"

"네. 지금도 가능합니다."

"그러면, 조용한 도서관에서 가서 얘기 나눌까요?"

"네. 커피 들고 따라갈게요."

도서관에 계시는 선생님한테는 양해를 구했다. 신규 선생님과 얘기할 수 있는 조용한 분위기여서 좋았다. 최대한 부담 주지 않고 편하게 이야기를 들어드려야지 마음 먹었다. 꼰대처럼 내 과거의 교사 시절 이야기를 절대 하지 말아야지 하고 스스로 다짐도 했다.

"선생님, 많이 힘드셨죠?"

"네. 정말 만만치 않더라구요. 막상 발령받고 보니 교사라는 직업이 3D업종이라는 말이 실감 나더라구요. 서비스업이고 감정을 쏟아내야 하고 수업보다 돌봄이 중요하고. 학생들 한 명 한 명 챙기는 게 이렇게 힘들 줄 몰랐어요."

"그죠. 학부모님들의 눈높이가 많이 높아지기도 했고 가정에서 생긴 일인데 교실에 와서 풀어내는 아이들도 많은 것 같아요. 에구. 누가 뭐래도 저나 다른 선생님이나 모두 선생님 편입니다."

그렇게 좌충우돌하면서 성장하는 것이겠거니 하면서도 안쓰러웠다. 나도 아이들을 사랑해서 교직을 선택했지만 수년간의 가르침 속에 교사의 정체성을 잃어버릴 때도 많았다. 교직의 첫 발걸음을 막 뗀 신규 선생님이야 무슨 긴 말이 필요할까 싶다. 힘든 일이 있으면 언제든지 교감에게 손 내밀라고 위로의 말을 건넨 뒤 교실로 배웅해드렸다.

이경원 선생님의 《학급의 탄생》을 보면 20여 년 학급에서 아이들을 만난 이야기들이 실려 있다. 아이들의 눈높이에서 아이들과 함께 배우며 존중하고 배려하는 삶을 살았던 이야기다. 가장 공감이 되었던 내용은 교사가 내뱉는 언어의 중요성이다. 미안하다는 말 대신 아쉽다고 말한다. 우리에게 필요한 것은 자유가 아니라 자율이라고 말한다. 왜 그럴까? 주위에 사회적 지위가 올라간 사람들을 보면 스스로만 못 느낄 뿐이지 주변 사람들 평은 '그 사람, 많이 변했어'라고 생각들 한다. 이유가 무엇일까? 그분은 원래대로 변함없이 하던 방식 그대로 한다고 하는데 왜 사람들은 변했다고 이야기할까? 기대수준이 다르기 때문이다. 변했다는 이야기를 듣는다면 그 사람은 십중팔구 자신의 방식을 그대로 고수하고 있는 게 분명하다. 고개를 더 숙이고 낮은 자세로 임해야 한다. 말도 더 겸손해야 한다. 명령이 아니라 설득해야 한다. 연민의 마음을 품어야 한다. 무서움보다는 엄격함을 지녀야 한다. 아이들을 만나는 교사도 그래야 한다. 당연히 교감도 그래야 한다.

이경원 선생님의 학급살이 철학은 '들들들'이다. 들어주고, 들어주고, 들어주고. 서로 존중하며 최선을 다하는 삶을 몸소 실천한다. 학부모와의 만남도 두려워하지 않는다. 아이들의 성장을 위해서는 학부모와의 관계가 중요하다. 한 해 학급살이 철학을 공유하고 학부모를 학급의 동반자로 생각한다. 자신을 오픈하며 학부모에게 먼저 다가간다. 아이들 문제라면 먼저 찾아간다. 학부모가 전화하기 전에. 철학이 남다른 교사다. 무거운 짐을 멘 사람처럼 어깨가 축 내려앉은 신규 선생님에게 살짝 건네고 싶은 책이다.

'선생님, 응원할게요. 힘내세요!'

교감, 학교장과
교감하다

불가근불가원(不可近不可遠). 이건 아마도 학교장과 교감의 관계에도 적용되는 말이 아닐까? 가까이하기도 어렵고 멀리하기도 어려운, 학교장과 교감의 관계. 이 관계에 관한 사람들 조언이 엇갈린다.

"이 교감, 학교장과 거리를 두고 지내야 하네."
"교감이 학교장과 가깝게 지내야 직원들이 편해."

학교장과 거리를 두며 지내야 한다는 얘기는 이렇다. 교감이 너무 지나치게 교장과 가깝게 지내는 모습을 보이면 교직원들이 교감을 가까이하기 어렵단다. 왜 그런가 하면, 교직원들이 교감에게 학교장에 대해 하고 싶은 얘기가 있어도 학교장 귀에 들어갈까 염려되어 조심하게 된다는 거다. 교감이 교직원의 의견을 학교장에게 대신 전할 수 있는 사람이 아니라고 생각하면 입을 닫아버릴 것이다. 결국 누가 손해일까. 학교 손해이고 학생 손해다. 교직원이 학교장에게 직접 할 수 없는 말을 하는 역할이 교감이다. 학교장과 너무 가까이 지내면 둘 사이는 좋을지 몰라도 결국 교직원들 하고는 거리가 멀어지게 되니 교감은 학교장과 적당히 거리를 두고 지내야 한다는 이야기가 설득력 있는 충고로 다가왔다.

반면 교감이 학교장과 가깝게 지낼수록 교직원들이 편해진다는 이야기도 듣는다. 이건 또 무슨 얘기지? 학교장과 교감이 친해지면 교직원들이 편하다고? 학교장과 교감이 서로 대립관계에 있거나 서로 신뢰 관계가 형성되어 있지 않아 사사건건 의견 충돌이 생길 때의 불편함을 알기에 하는 말이다. 어떤 사안에 대해 학교장과 교감이 생각이 다를 경우 교직원들이 힘들어지는 경우가 있을 수 있다. 만약 교감이 자신의 주장을 굽히지 않을 경우 학교장의 리더십은 큰 타격을 입게 될 수 있다.

학교장은 늘 외롭다고 말한다. 선생님들이 학교장과 가까이 지내기는 부담일 것이다. 교감인 나도 사실 선생님들이 편하지 학교장 대하기가 어려운 게 사실이다. 그렇지만 학교장과 좋은 관계를 유지하는 데 교감이 특별히 신경을 써야 한다는 말은 학교라는 공동체가 굴러가는 데 있어 소통과 화합의 중심 역할이 교감에게 있다는 사실을 강조하기 위한 것이다. 교직원들은 자신의 의견을 교감을 통해 교장에게 전할 수 있고 학교장 또한 교감을 통해 자신의 생각을 교직원들에게 넌지시 건넬 수 있다.

출근하면 학교장과 티타임을 갖는다. 아침부터 한가한 시간을 보내고 있구나 싶을 수도 있지만 결코 그렇지 않다. 커피를 마시며 서로 하루 일과를 이야기한다. 학부모와 학생 민원은 없는지, 오늘의 주요 교육 활동은 무엇인지 등을 격의 없이 나눈다. 물론 업무적인 내용만 이야기하는 것은 아니다. 가족이나 취미 생활 이야기도 나눈다. 내가 특별히 중요하게 생각하는 하나는 학교장을 추켜세우는 일이다. 교감이 바라보는 학교장의 좋은 점, 고마운 점을 빠짐없이 이야기한다. 칭찬과 격려는 나이 많은 사람이 어린 사람에게 하는 것이라고 여기기 쉽지만 거꾸로 아랫사람이 윗사람에게도 할 수 있다.

"교장선생님, 올해 제가 교장선생님을 만난 것은 큰 복입니다."
"교장선생님, 좋은 책상으로 교체할 수 있게 해주셔서 감사합니다."

감사한 점, 칭찬할 점을 미루지 않고 바로바로 표현하면 서로 흐뭇하고 분위기가 좋아진다. 물론 업무 관계에서는 교감으로서 빈틈없이 보고하고 교장선생님도 내가 실수한 점을 정확히 짚는다. 공과 사를 분명히 하는 거다.

리더십이 고민일 때 읽는 책

팀이 천재를 이긴다 • 리치 칼가아드, 마이클 말론 지음
틔움, 2017

책 제목이 인상 깊다. 하긴 지금 사회는 혼자서 잘하는 것보다 여럿이 함께 협력하기를 원한다. 같이할 때 시너지가 생긴다는 내용의 여러 연구 논문이 책에서 소개된다. '던바의 수'는 150명을 인원으로 본다. 3~5명은 친한 친구의 수, 12~15명은 죽음을 슬퍼할 정도의 가족의 수, 50명은 수렵에 동원된 수, 150명은 인간이 진정한 사회적 관계를 맺을 수 있는 최대의 수, 1,500명은 이름을 들으면 겨우 아는 정도의 수로 던바는 정의하고 있다.

성경에도 팀 사역의 예가 등장한다. 1차 선교여행팀이었던 바울과 바나바의 팀 사역이다. 팀의 주축을 이루었던 바울과 바나바는 상호보완력을 가지고 일했다. 그 결과 이방인 선교의 길이 열리게 되었다. 만약 두 사람 사이에 갈등이 생겨 불협화음이 생겼다면 어땠을까 생각해보면 팀을 조직하는 것도 중요하지만 팀을 조직하기 전 목표를 달성하기 위해 구성원을 어떻게 조직할지가 더 중요함을 알려준다.

저자는 팀을 구성할 때 리더의 역할이 얼마나 중요한지 프랜시스 태번에서의 조지 워싱턴 이야기로 알려주고 있다. 리더는 팀을 끌어올리기도 하지만 좌절하게 하기도 한다. 조지 워싱턴은 전투에서 지기도 했지만 다양한 출신과 배경으로 구성된 팀원들에게 가장 알맞은 임무를 부여했고 본인도 솔선수범하는 모습을 보여주어 당시 최정예 군대라고 불리우는 영국군에 대항해 승리했다. 이처럼 리더는 구성원의 특성을 잘 알고 목표를 위해 적절한 과제를 부여할 수 있어야 한다.

지금은 약간 부대편성이 달라진 것으로 알고 있지만 1996년 당시 근무했던 703특공연대의 팀은 13명이었다. 장교 1명, 부사관 1명, 특공병 4명, 중화기병 3명, 의무병 2명, 통신병 2명이었다. 병사들은 신병교육대에서 교육받은 후 특공부대교육대에서 주특기 교육을 추가로 받고 자대로 배치된다. 특공병은 폭파 기술, 의무병은 적진에서 응급조치할 수 있는 기술, 통신병은 유무선 통신 능력을 습득하고 배치된다. 장교로 근무했던 나는 그들 개개인의 능력을 능가할 수 없었다. 단지 그들의 능력이 잘 살아나도록 전술전략을 세우기만 하면 됐다. 한 개의 팀(13명)이 적 후방에 침투하어 생존이 어려운 상황에서 전투능력을 발휘하기 위해서는 팀이 하나가 되어야 한다. 각각의 역할을 잘 수행할 수 있도록 인정해주고 장교는 솔

선수범하면 된다. 팀이 적을 이길 수 있는 방법이다.

사실 나는 단순 기술을 알려주는 책은 잘 읽지 않지만 이 책은 제목에 끌렸다. 팀의 힘을 다시 한 번 생각하는 계기가 되었다. 인원이 적든 많든 팀의 힘은 개인보다 막강하다. 리더는 팀을 잘 구성해야 되고 팀이 최상으로 운영될 수 있도록 지원해야 한다. 1,500명이 넘는 거대한 조직도 팀으로 운영하면 구성원 간의 친밀한 관계로 소규모 조직의 효과를 누릴 수 있다. 조직의 리더들이 가볍게 읽어보면 좋을 듯싶다.

팬데믹 시대의
교감

코로나19 바이러스가 세계보건기구에 처음 보고된 시점은 2019년 12월 31일이었다. 이후 학교 현장은 코로나19 바이러스와 힘겨운 싸움을 펼치고 있다. 모두가 그랬듯이 초기에는 설마 큰 탈이나 있을까 하는 생각으로 그럭저럭 차분하게 일상을 유지했다. 하지만 시간이 흐를수록 보이지 않는 바이러스의 공격의 위력에 불안을 감출 수 없게 되었다. 감염증 확진자는 눈부시게 가파른 상승곡선을 그리면서 증가했고 사망자도 늘어갔다. 코로나19 바이러스는 우리의 생활을 완전히 바꾸어놓았다. 개인위생 수칙은 필수가 되었고 일상 속 손 씻기와 마스크 착용은 불문율이 되어버렸다.

지난 금요일(2021.4.16.)에 우리 학교 보건선생님과 특수선생님, 특수교육지도사님이 보건소에서 아스트라제네카 예방 접종을 받았다. 유럽의 약품청 발표 결과를 토대로 전문가 자문 및 예방접종전문위원회 심의 등을 거쳐 보류되었던 접종이 재개되었지만 혈소판 감소를 수반한 혈전증 부작용이 포착되어 불안함을 감추지 못했다. 학교에서는 혹시 접종대상자가 이상반응이 나타날 수 있는 점을 간과할 수 없어 실시간 비상연락망을 유지했다. 접종 후 수업을 진행해야 하는 부분도 있기에 주말 사이에 아무 탈 없기를 기원했다.

월요일에 출근하니 특수선생님이 지난 토, 일 이틀간 접종 후 몸에 나타난 반응 때문에 죽었다가 살아난 무용담을 생생히 이야기해주었다.

"교감선생님, 저 진짜 아파서 죽는 줄 알았어요."
"정말 수고 많으셨어요. 고생 많으셨죠?"
"주말 내내 누구한테 얻어맞은 것처럼 몸살을 앓았어요. 타이레놀도 시간 간격으로 복용했구요. 정말 만 이틀 동안 끙끙 앓았어요."
"그러고 보니 얼굴이 반쪽이 된 것 같아요."
"특수교육지도사님들도 어떤 분은 엄청 많이 아프셨대요."
"그래요? 에구. 제가 교실에 들러볼게요."

얼마나 고생이 심했는지 출근하자마자 교감에게 백신 접종 후일담을 낱낱이 설명해주었다. 보건선생님은 팔을 걷어붙이고 접종 부위에 난 두드러기를 보여주었다. 발열이나 근육통 등의 불편함이 있을 거라고 언론에서 익히 들었던 터라 각오는 했지만 직접 겪어보니 생각보다 훨씬 힘들었다는 것이다.

마침 교장선생님이 교무실에 들어오시기에 주말 동안 접종 대상자분들이 이렇게 저렇게 힘든 시간을 보냈다며 한번쯤 위로의 말씀을 해주시면 어떻겠냐고 운을 띄웠다. 교장선생님은 선생님들의 건강을 일일이 체크하고 수업 마치면 곧장 집에 들어가 쉬라며 살펴주셨다.

접종 순서에 따라 앞으로 1학년, 2학년 담임들도 순차적으로 접종하게 될 것이다. 오늘 이야기를 들으니 접종 후 최소한 이틀 정도는 쉼의 시간이 필요하겠다는 생각이 들었다. 그렇다면 추후 해당 학년 담임이 접종할 경우를 대비해 최소한 이틀 정도의 재택근무에 따른 원격수업안도 차차 준비해야겠다는 생각이 번쩍 들었다.

오늘도 강원도에서 코로나19 확진 현황을 보내왔다.

"4.18 일 도내 코로나19 확진 21명(춘천4 강릉14 동해1 양양2).
코로나19는 실내에서 감염이 쉽습니다."

남의 얘기가 아니라 나의 얘기가 될 수 있고 우리 학교 얘기가 될 수 있겠다 싶다. 코로나19가 언제 종식될지 모르는 상황 속에서 온라인 수업과 등교수업을 병행하는 형태의 수업을 생각해두어야 할 것 같다. 작년 한 해 온라인 수업이 이어지면서 학부모들의 볼멘소리가 거셌다. 수업의 질뿐만 아니라 급식을 포함한 돌봄, 안전에 대한 욕구를 학교가 대신해주기를 바라는 마음이 컸던 것 같다. 코로나 이후 지식 교육 외에 사회적 기능이 매우 중요한 요소임을 깨닫게 된다. 학교가 얼마나 중요한 곳인지도 새삼 느끼게 된다. 앞으로 교사는 아이들이 능동적으로 행동하는 시민으로 성장하도록 도와주는 촉진자요, 학생들이 주도성을 가지고 혼자 온라인으로도 학습할 수 있는 능력과 태도를 찾을 수 있도록 코칭하는 역할로 서게 될 것이다. 학교의 역할은 무엇이며 교사가 할 수 있는 일이 무엇인지 점점 고민이 깊어진다.

우체국과 학교의
만남

우체국과 학교 간에 협약서를 체결하게 되었다. 학교장과 함께 우체국 국장실에 갔다. 우체국장님은 소탈하게 말씀도 잘하셨다. 학생들의 저축습관과 올바른 금융지식을 길러주는 다양한 협력사업을 하기로 했다. 코로나 시대라 바깥출입도 쉽지 않은 상황이지만 두 기관이 학생들을 위해 협력하자는 약속의 시간을 가진 것은 큰 의미가 있다고 본다.

마을은 학교와 분리된 공간이 아니다. 교사와 학생이 학교의 교육과정과 수업을 제대로 펼칠 수 있는 교육 소재가 마을에 있다. 마을에 위치한 기관과의 협력 사업은 학교와 마을이 서로에게 눈길을 주는 계기가 된다. 마을 속에 위치한 학교의 존재감이 드러난다. 마을은 학생이 나고 자란 곳이다. 그 속에 있는 학교의 역할은 자명하다. 학생들이 '로컬 인재'로 자랄 수 있도록 해야 한다.

얼마 전부터 로컬 인재, 로컬 에듀에 대한 용어가 자주 들린다. 지역의 청년들이 외부로 나가 꿈을 펼치는 것보다 지역을 잘 아는 청년들이 지역에서 할 일을 찾을 수 있도록 하자는 교육의 방향 전환이다. 공부 잘해서 큰 도시로 나가게 할 게 아니라 자신이 나고 자란 곳을 위해 의미 있는 일을 할 수 있도록 교육이 디딤돌 역할을 해야 한다는 것이 로컬 에듀라는 방향의 시작이다.

현장체험학습도 마을과 교감하기 위한 방향 전환이 필요하다. 정답이 없는 사회를 살아가는 지금 이 시점에서 가장 강조되는 부분이 문제해결 능력이다. 현장체험학습을 외부로 나가는 것도 좋지만 마을교육공동체와 연결시켜 삶에서 부딪치는 다양한 문제들을 경험할 수 있도록 하면 좋을 듯싶다. 진정한 현장체험학습은 사람과 사람이 만나고 우리 마을과 만나는 것이다. 학교는 교육을 중심에 두고 마을은 마을 여행 자원의 발굴과 공유라는 사업에 중심을 두고 함께 풀어간다면 안전과 교육이라는 두 마리 토끼를 잡을 수 있을 것이다.

이번에 학교가 우체국과 협약식을 통해 모종의 약속을 세운 까닭은 학생들이 지역의 인재로 자라 자신만의 역할을 해낼 수 있도록 환경을 만들어주는 것이 학교의 일이라고 생각하기 때문이다. 학생들은 지역 사람들이 많이 이용하는 우체국이 어떤 일을 하는지부터 우체국이 존재해야 하는 이유도 생각해보게 될 것이다.

오늘 협약식 후 대화를 나누며 알게 된 사실이지만, 우체국 직원들은 국가공무원임에도 불구하고 국가에서 월급이 나오는 것이 아니라 자체 사업의 이윤을 통해 월급을 받는다고 한다. 국가 기관임에도 불구하고 특별회계법으로 예금과 적금, 보험과 택배 사업을 통해 창출한 이윤으로 자체적으로 운영해나간다고 한다. 그야말로 새롭게 알게 된 사실이다. 교감인 나도 이렇게 처음 알게 된 사실이 많을진대 학생들은 어떨까싶다.

교장선생님과 나도 협약을 맺었다. 매일 아침 등교맞이를 하는데 월, 수, 금요일은 학교장이 화, 목요일은 교감이 학교 정문 앞에 나가기로한 것이다. 그렇게 이른 아침에 학교 문 앞에 나가니 날씨가 어제 다르고 오늘 다른 걸 확연히 느낀다. 학교 주변 여건도 눈에 빠르게 들어온다. 학교 앞 도로에 차량이 많이 다니는 편이라 교통사고의 우려가 무척크다. 지역의 자원봉사자들이 정기적으로 안전 관리를 도와주고 있고학교 측에서도 녹색어머니회를 조직하여 협력하고 있다. 어머니들이 바쁜 생활 중에 자발적으로 아침에 봉사 나온다는 것이 쉽지 않은 일이다. 인원이 많지 않으니 돌아오는 순번도 무척 빠르다. 그래서 뵐 때마다 감사 인사를 드리려고 한다.

"어머니, 아침에 나오시기가 많이 힘드실 텐데 봉사해주셔서 감사합니다."

"저도 애 둘을 키우고 있어서요. 우리 아이들을 위해서라도 해야겠다는 생각이 들었습니다. 동참하시는 분들이 좀 더 많았으면 좋겠는데요."

교감으로서 드릴 수 있는 말이 별로 없다.

"고맙습니다. 수고하십니다."

다음에는 한마디쯤 더 할 수 있겠지.

"엊그제도 계시더니 오늘도 계시는군요."

아는 만큼 보인다는 말이 있다. 지역을 잘 모르는 사람이 그 지역의 학교에 새로 근무한다는 것은 그 지역에 사는 사람들에 대해 아는 바가 전혀 없는 채로 시작하는 셈이다. 학교 안에만 있으면 일 년이 다 되도록 우물 안 개구리로 살 수밖에 없다. 지역사회와 학교의 가교 역할을 교감이 해야 되는데 그러려면 어떻게든 지역민들과 눈맞춤이라도 해서 알아가려는 노력을 해야 한다. 아침마다 학교 정문에 나가는 일은 결코 허튼 일이 아니다. 지나가는 지역민, 학생들을 정문까지 데려다주는 학부모를 만나게 된다.

지역사회와 학교의 만남을 고민할 때 읽는 책

로컬이 미래다 • 추창훈 지음
에듀니티, 2020

마을교육공동체를 넘어 마을학교공동체, 지역교육공동체, 풀뿌리 지역교육으로 교육의 패러다임이 바뀌어야 한다고 추창훈 교감(저자)은 말한다. 그 이유가 무엇일까?

대한민국 교육에서 혁신의 공감대가 형성된 것은 얼마 되지 않는다. 지금까지 국가수준의 교육과정으로 교사들이 학생들을 가르쳤다. 다시 말하면 제주도에 사나 서울에 사나, 도시 학생이나 시골 학생이나 배우는 교과 내용이 같았다.

국가수준의 교육과정을 보편적으로 적용하면서 발생한 문제점을 꼽으라고 한다면 이 책의 제목에서도 유추할 수 있듯이 '로컬'(마을)에 인재들이 남아 있으려고 하지 않는다는 점이다. 마을의 인재들을 서울로 보내면 다시 돌아오지 않는다. 그들은 연어가 아니다. 마을의 청년들이 마을을 떠난다면 어떻게 될까? 마을이 소멸된다. 저자는 마을의 미래가 '현실감 있는 마을교육과정' 안착 여부에 달려 있다고 판단하고 전라북도 완주 지역에서 눈에 띄는 결과물을 만들었다. 마을을 중심으로 실질적인 돌봄과 방과후 프로그램을 설계하고 마을이 학교를 품을 수 있는 시스템을 마련했다. 단기간에 해낼 수 있는 것이 아니다. 오랜 시간 동안 마을에 뿌리를 내리고 긴 호흡으로 끈질기게 끌고 나가야만 가능한 일이다.

로컬의 미래를 열어줄 '마을교육과정'이란 무엇인가? 국가수준의 교육과정이 '국민'을 키우기 위한 교육과정이라면 마을 교육과정은 '시민'을 키우기 위한 교육과정이라고 저자는 말한다. 마을의 문제를 교과서로 끌고 와야 한다고 말이다. 학생들이 살고 있는 마을이 교과에 담겨 있어야 한다는 말이다. 마을의 문제를 가지고 함께 토론하고 해결점을 찾고자 노력하는 모습이 교실에서 일어나야 한다고 강조한다. 이러한 마을 교육과정은 곧 민주시민교육이다.

학생의 삶을 학교를 통해 마을과 지역에 뿌리 내리게 해야 한다. 그러려면 학교에서, 수업에서 마을 사람을 만날 수 있게 해야 한다. 마을 곳곳에서 수업이 일어나고, 수업이 마을의 일부가 되어야 한다. '마을'을 고려해 재구성된 교육과정이 필요하다. 추창훈 교감의 실험을 넘어 모든 학교가 실천하는 모험이 되었으면 한다.

교육과정으로
교감하기

다른 학교에 '2021 교사별 과정중심평가 초등교원 직무연수'를 진행하고 왔다. 열 분의 선생님들이 와 있었다. 면면을 보니 신규 교사부터 시작해서 3년 차 선생님까지 모두 20대 청년들이었다. 교사 수준의 교육과정을 열어가기 위한 첫 단추로 교사의 교권 중 하나인 '평가'에 대해 의견을 나누고, 고민하는 시간을 가졌다. 선생님들이 가장 어려워하고 힘들어하는 부분을 직접 만나서 이야기를 들으니 많은 부분이 공감이 되었다.

우선 새롭게 만나게 될 아이들을 만나 보지도 못한 채로 2월에 일 년간의 교육과정을 짜내야 하는 부분을 불합리하다고 여기는 듯하다. 적어도 자신이 만나게 될 아이들을 만나 본 뒤에 교육과정을 짰으면 하는 바람이 있었다. 시기적으로 3월과 4월은 무척이나 바쁜데 학교에서는 공시자료로 제출할 것이라며 평가 계획과 진도 계획을 제출하라고 압박하니 형식적으로 제출할 수밖에 없다는 것이다. 교육과정의 총책임자이기도 한 교감이 현장 교사들의 생생한 소리를 듣지 못한 채 공문에 쫓겨 기일에 맞추라고 닦달만 할 것이 아니라 어떤 어려움이 있는지 듣는 것이 우선이라는 생각이 들었다.

각종 행정 일에 몰두하다 보면 교감은 자칫 교육과정과 멀어질 수밖에 없다. 수업을 전담으로 하는 것도 아니고, 학생들을 자주 만나는 것도 아니기에 현장감이 점점 떨어진다. 그렇다고 해서 행정 일을 나몰라라 할 수도 없다. 선생님들이 학생들 곁에 있을 수 있도록 지원하는 일이 교감의 일이기에 당연히 행정에 전문가가 되어야 한다. 하지만, 교감을 교감선생님이라고 부르는 이유가 어디에 있을까? 학교의 존재 이유도 학생들이 있기 때문이다. 학생들의 삶을 녹여낸 것이 교육과정이다. 교육과정을 읽고 쓸 수 있으며 해석할 수 있는 눈을 교감은 지니고 있어야 한다. 행정 중심의 학교가 아니라 학생들의 성장을 꾀하는 교육과정 중심의 학교가 되기 위해서는 교감이 교육과정 전문가여야 할 것이다.

교육과정은 교육설계도다. 다시 말하면, 학생들을 배움의 길로 이끄는 설계도가 교육과정이라고 볼 수 있다. 행정은 교육과정이 온전히 실현될 수 있도록 물리적으로 지원하는 일이다. 학생이 중심이 되고, 학생을 교육하는 교사들이 수업에 전념할 수 있도록 학교 전체의 분위기를 바꾸는 일을 교감이 해야 한다. 교감은 교사의 삶을 누구보다도 잘 알고 있는 사람이다. 교사의 힘듦을 경험해보았기에 교감의 노력이 빛을 발할 수 있다. 선생님과 교육과정을 이야기하고 토론하는 교감이 되길 원한다.

젊은 선생님들의 거침없는 의견들이 약이 되고 살이 되었다.

MZ세대를 알고 싶을 때 읽는 책

요즘 애들 요즘 어른들 · 김용섭 지음
21세기북스, 2019

내가 바라본 요즘 젊은 교사들의 모습은 이렇다. 현장학습 중에도 스마트폰을 손에서 놓지 않는다. 학생들을 인솔하는 버스 안에서 스마트폰에 열중한다. 게임을 하는지, 검색을 하는지 모르겠지만 하여튼 스마트폰 보기를 학생들 돌보는 것보다 더 열심히 한다. 속이 답답할 때가 많다. 학생을 인솔하여 급식실에 가서도 줄을 서서 스마트폰을 한다. 손에 쥐고 엄지를 쉴 틈 없이 올렸다 내렸다 한다. 보기에 불편하다. 뭐라도 한마디 하고 싶은데 꼰대 소리 들을까 봐 겁난다.

젊은 교사들은 금요일 오후 수업이 끝나면 학교에서 사라지고 없다. 교장, 교감 눈치 안 본다. 개인 복무 처리하고 인사 없이 그냥 나간다. 보기 불편하다. 개인의 권리가 우선이라고 생각하는 젊은 교사들에게 이렇게 이야기하면 큰일 난다.

"다 가버리면 학교는 어떻게 하라고?"
"학생들이 아직 학교에 남아 있는데, 담임이 가버리면 어떻게 해요?"

불편한 진실이다. 젊은 교사들과 소통하기가 참 어렵다. 소통법이 달라서 그런 것 같은데 어떻게 해야 할지 모르겠다.

저자에 따르면 밀레니얼 세대, 즉 20대들은 함께 뭘 하는 것을 엄청 어색해한다고 한다. 회식, 술 모임, 골프 등 기존 40, 50대들이 직장 안에서 관계를 위해 갖는 시간을 전혀 반기지 않는다고 한다. 그런 20대 교사들에게 기존의 방식을 기대하고 요구하면 갈등이 일어날 것이다.

학교는 60대부터 20대까지 폭넓은 나이대의 사람들이 공존하는 곳이다. 20대 교사가 계속 들어온다. 그들을 버릇없다고 생각하면 그렇게 생각하는 사람만 마음 고생하게 된다. 생각의 전환이 필요한 시점이다.

기업의 입장에서는 밀레니얼 세대의 소비성향을 파악하는 것이 최대의 이슈라고 한다. 기업의 흥망성쇠가 그들에게 달려 있기 때문이다. 정치판세도 밀레니얼 세대가 좌지우지한다고 한다. 왜 그럴까? 그들은 SNS에 능하기 때문이다. 변화에도 민감하다. 개인의 행복을 최우선으로 생각한다. 진보든 보수든 개의치 않는다. 저자는 밀레니얼 세대의 다섯 가지 소비 코드로 공유, 취향, 젠더, 윤리, 환경을 꼽고 있다. 기업들은 그들의 소비코드에 맞춰 친환경적인 제품을 만들고, 윤리적 기업 운영을 한다. 기업이 착해졌기 때문이 아니다. 결코.

젊은 교사들을 잘만 이해하면 생각지 못한 뜻밖의 결과를 얻을 수 있을 것이다. 그들은 학교 안에서 이 사람 저 사람 눈치 보지 않고 소신 있게 학생 교육에 임할 수 있는 성향을 지니고 있다. 학교 안에서 소위 '정치하지 않을 세대'라고 본다면 투명하게 학교가 운영될 수 있는 촉매제 역할을 할 수 있을 것이다. 소통 방법도 다양하게 계발될 수 있다. 정해진 룰을 싫어하기에 학교 분위기를 새롭게 변화시킬 수 있을 게다. 20대 교사들은 책보다 영상에 강하다. 정보를 얻는 방법도 책보다는 유튜브다. 스마트폰에 집중하고 있다고 해서 마냥 불편하게 생각할 것도 아니다.

젊은 교사들과 함께하려면 내가 바뀌려고 노력하지 않으면 안 된다. 고여 있는 물은 썩는다!

행정실에 간
교감

교감과 행정실의 관계는 물과 기름과 같다. 교감이라면 누구나 공감할 것이다. 행정실은 학교를 지원하는 부서이며 주로 예산을 다룬다. 그 영역에서 오랫동안 전문성을 가지고 일해왔기 때문에 교감이 침범하면 언짢아한다. 반면 교감은 교육활동을 전개하는 교사들을 대표하여 행정실과 예산을 조정하는 자다. 그런데 예산을 다뤄본 경험이 부족한 신규 교감은 예산의 기본 원칙을 몰라 실수하기 쉽다. 교육활동에 쓰겠다고 하면 행정실에서 적극 지원하는 것이 당연하다 싶은데 학교 재정이 워낙 투명하게 쓰이는지라 원칙에 맞지 않을 경우에는 행정실도 어쩔 수 없다. 지원하지 않겠다는 것이 아니라 원칙에 맞게 써달라고 요청하는 거다. 교감이 자존심을 내세우며 억지를 부리면 당연히 마찰이 생기고 갈등의 골이 깊어지게 된다.

교무실 대표인 교감과 행정실 대표인 행정실장과의 관계가 참 미묘하다. 각 부서를 대표하는 책임자인 두 사람이 서로 상대방의 역할에 대해 생각하는 것이 다르기에 약간의 긴장감이 맴도는 것이 사실이다. 교감이 나이라도 많으면 관계 정립이 까다롭지 않지만 그렇지 않을 경우에는 냉랭한 관계로 시작될 수 밖에 없다. 일단 서로의 영역을 존중하는 것이 기본이다. 서로 불편한 점이 있다면 꾹꾹 마음에 담아 두는 것이 아니라 진솔하게 대화를 나눠보는 게 좋다. 신규교감이라서 좋은 점도 있다. 아직 말랑말랑한 신규교감이라서 자존심 내세울 필요가 없다. 승진 발령을 받고 앞으로 가게 될 학교의 교장선생님께 전화를 드린 후 다음으로 한 일이 행정실장님에게 인사를 건네는 것이었다.

"안녕하세요? 이번에 신규교감 발령받은 이창수입니다. 잘 부탁드립니다. 모르는 것이 많은데 잘 가르쳐주십시오. 학교 방문 때 얼굴 뵙고 인사 올리겠습니다."

행정실장의 얼굴도 모르고 이름도 처음 들어보고 연락처도 없어서 교육청 메신저를 이용해서 첫 발령 인사를 건넸다. 굳이 그렇게까지 해야 하나, 생각하는 교감도 있겠지만 교감과 행정실의 관계가 좋아야지 교사들이 좀 더 편하게 일할 수 있을 거라 생각하기 때문에 할 수 있는 노력을 기울여본 것이다. 만약 교감과 행정실장이 서로 힘 겨루기라도 하게 되면 중간에서 교사들이 무척 힘들어진다. 교사들이 힘들면 손해는 학생에게 간다. 교감이 자존심을 내려놓고 손윗사람 모시듯 먼저 인사하는 것이 여러 모로 좋다. 웃는 얼굴에 침 못 뱉듯 먼저 인사하는데 반

가워하지 않을 이가 누가 있겠는가.

교감으로 첫 출근하던 날, 양손에 음료수 박스를 들고 갔다. 하나는 교무실에, 하나는 행정실에 건넸다. 교장선생님께 인사를 드린 후 바로 행정실에 인사를 갔다. 다섯 분이 근무하고 있는 행정실에 노크를 한 뒤 들어가서 힘차게 인사했다.

"안녕하세요? 신규교감 이창수입니다. 잘 부탁드립니다."

그리고 누구도 앉으라고 하지 않았지만 테이블에 가서 앉았다.

"차 한 잔 주세요."
"아, 무슨 차로 드릴까요?"
"커피도 좋고 녹차도 좋습니다."
"봉지커피밖에 없는데 괜찮으실까요?"
"네. 저는 아무거나 잘 마십니다."

행정실장님이 내가 앉은 테이블에 와서 앉는다. 이것저것 내 소개부터 한다. 고향, 출신 학교를 먼저 풀어 놓는다. 행정실장님과 공통점을 찾기 위해서다. 가족 얘기, 교사로서 살아온 얘기 등 온갖 너스레를 떤다. 행정실장님한테 하는 얘기지만 사무실이 작아서 행정실 직원이 다 듣게 된다. 모두 들으라고 일부러 목소리 톤을 높여 이야기한다. 이렇게 얼굴을 트고 대화하고 나면 다음 만남부터는 한결 편하다. 신규교감이라서 각종 축하 선물이 많이 들어온다. 먹을거리가 들어오면 반드시 행정실을 챙긴다.

"안녕하세요? 이것 좀 드시면서 하세요."
"교감선생님, 뭐 이렇게 자꾸 들고 오세요?"
"나눠 먹으면 좋죠. 하던 것 멈추고 얼른 드세요. 참, 행정실장님 이 원두커피는 사모님 갖다드리세요. 행정실장님 드리는 게 아니라 사모님 드리는 겁니다."
"아, 뭘. 이런 걸…."

곳간에서 인심 난다는 말이 있듯이 먹을 것을 들고 자주 들르면 소통은 저절로 된다. 어느 날은 빈손으로 그냥 가면 우스갯소리로 왜 먹을 것 안 가지고 오냐고 농담하기도 한다. 행정실장님의 위치도 교감이 먼저 알아서 챙겨드리면 좋아하신다. 회의할 때도 상석이라고 생각되는 자리로 안내하면 좋아한다. 함께 걸어갈 때에도 보조를 맞추며 윗사람 대하듯 존중하면 내 마음이 편하다. 너무 비굴한 모습이 아니냐고 생각할 수도 있겠지만 교감이라는 역할은 높고 낮음으로 자리매김하는 것이 아니라 학교라는 공동체가 유기적으로 움직여갈 수 있도록 윤활유가 되는 것이라 생각한다.
'내가 먼저 낮아지면 높아질 수 있다.'
'내가 먼저 대접하면 대접받을 수 있다.'
나름대로 이런 원칙을 고수하며 살아간다. 교감이 행정실과 교감할 때 이 원칙은 적중한다. 틀림이 없다. 어떤 분들은 술 마시면서 관계를 트면 된다고 말하기도 한다. 그런데 나는 술을 마시지 않으니 다른 방법을 찾을 수밖에 없다. 이리저리 머리를 굴리며 나만의 방법을 찾는다. 지금까지 빗나간 적은 없다.

　교감이 행정실과의 소통에 신경을 써야 하는 이유는 나 편하자는 게 아니다. 교사들을 위해, 학생들을 위해, 학교를 위해서다. 내가 먼저 존중하면 존중받는다. 내가 먼저 얘기하면 저쪽에서도 말을 걸어온다. 삶을 나누다 보면 행정쯤이야 술술 풀린다. 교감, 행정실과 교감하자.

새 업무에 도전할 때 읽으면 좋은 책

뷰카VUCA 시대 일 잘하는 리더 · 배선희 지음
서울엠, 2020

21세기에 들어오면서 변화된 시대 상황 속에 다양한 리더십이 요구되고 있다. 앞으로의 상황을 변화무쌍한 전쟁터에 빗대 '뷰카 VUCA 시대'라고 말하는 이도 있다. 뷰카라는 신조어는 다음의 네가지 단어의 첫 글자를 따서 만든 것이라고 한다.

1. Volatility - 불안정, 불확실성, 휘발성
2. Uncertainty - 반신반의, 불확실, 확신 없음
3. Complexity - 복잡함, 난이도
4. Ambiguity - 애매모호함, 모호함, 불명확함

불확실하고 복잡하고 모호한 뷰카 시대에 미래사회를 예측하기 란 불가능하다. 조직에도 복잡함과 불안정이 항상 내재해 있어 리 더십을 끊임없이 변화하지 않고서는 조직을 이끌어갈 수 없다. 이 런 상황에서는 하나의 정답만 추구할 수 없다. 리더들은 구성원들 과 함께 생각하여 아이디어를 창출하며 더 나은 제안과 결정을 만 들어가야 한다. 지시와 명령만으로 일사분란하게 움직였던 예전과 는 분명 달라져야 한다. 이 책은 뷰카(VUCA) 시대가 요구하는 리 더십의 방향을 제시한다. 직장 안에서 누구나 의견을 편히 낼 수 있 도록 분위기를 조성하는 퍼실리테이티브 리더, 수평적 관계속에서 일어나는 집단지성, 분권화, 유연성 등…. 무엇보다 조직의 비전과 가치가 항상 공유되어야 하며 진정성 있는 리더와 자유롭게 의사 소통할 수 있어야 한다.

'90년대생이 온다'를 지나 '2000년대생이 온다'고 해야 할 정도로 직장 내 밀레니얼 세대의 비중이 높아지고 있다. 밀레니얼 직원들 이 원하는 리더의 모습이 궁금할 때 이 책이 도움이 될 것이다.

교감, 공무직과
교감하다

"행정사님, 책 읽는 것 좋아해요?"

"네, 가끔 읽어요."

"독서동아리 모집한다고 하는데 한번 도전해볼까요?"

교육청에서 독서동아리를 모집한다고 한다. 예산도 200만 원을 지원
한다는 내용이다. 더 놀라운 사실은 학교 교직원이면 다 된다는 내용이
었다. 좋다. 한 사람만 고생하면 예산 200만 원을 지원받을 수 있겠다 싶
어 계획서를 부리나케, 대충, 철저히 작성했다. 독서동아리를 하는 목적
은 다른 데 있지 않았다. 교육활동을 지원해주는 공무직분들에게 조금
이나마 도움이 되고 즐겁게 활동할 기회를 제공해주고 싶은 마음이 앞
섰다. 그러면 어떻게 동아리를 구성할까? 고민하다가 교무행정사, 학교

도서관실무사, 보건교사, 학교장, 교사 등 다양한 구성원을 모아보기로 했다. 실제 운영 시에는 다른 공무직분들도 참석할 수 있도록 융통성을 부여했다. 예산 200만 원의 절반은 도서 비용으로 나머지 절반은 운영비로 사용하기로 정하고 수요일을 '숨요일'로 이름 붙여 운영했다. 한 달에 한 번은 나들이를 계획했다. 책 읽는 과제는 부여하되 강제성은 부여하지 않았다. 독서동아리 운영 담당자인 나는 분기별로 보고서를 작성하여 제출해야 했는데 이 일은 누워서 식은 죽 먹기보다 쉬웠다. 독서동아리를 운영하면서 참가자들이 마음껏 웃고 대화하는 모습을 생각하면 두세 쪽 분량의 보고서는 과제 깜도 안 되었다. 학교는 보이지 않는 곳에서 열심히 자신의 역할을 다해내는 분들이 참 많다.

특히 교감은 교육공무직과 아주 밀접하게 연결되어 있다. 행정업무를 지원하는 분들이 공무직분들이기 때문이다. 그분들이 없으면 행정 업무가 돌아가지 않는다. 공동체에 소속감을 갖고 자신들이 하는 일에 보람을 느끼도록 응원하고 격려해줄 필요가 있다.

"행정사님, 이번 주에 함께 밥 한 끼 같이해요."
"감사합니다."

가볍게 식사하는 자리를 약방에 감초처럼 마련하는 것이 내가 고마움을 표현하고 노고를 위로하는 방식이다. 공무직분들의 고마움은 말로 표현할 수 없을 만큼 많다. 학교 정문에서 학생 안전을 위해 든든히 외부인들의 출입을 꼼꼼히 체크해주는 학교보안관님은 하루종일 좁은 공간에서 지낸다. 좁은 사무실 공간 자체가 추울 땐 더 춥고 더울 땐 더 덥다. 근무해보지 않으면 모른다. 아침 일찍부터 식자재를 검수하고 학생들의 급식을 준비해주시는 조리사님도 있다. 조리하는 과정도 힘겹지만 배식하고 정리하는 활동도 만만치 않다. 특수 학생들을 돌보는 특수교육지도사님들은 또 어떨까. 아이들 덩치가 커서 곁에서 돌보는 일이 결코 쉽지 않아 보인다. 도서관을 지켜주는 도서관실무사님, 실내 환경과 화장실을 깨끗이 청소하는 분들 등 학교 안에 보이지 않게 학교를 학교답게 만들어가시는 분들의 손길이 배어 있다. 그분들께 감사한 마음을 교감이 잃지 말아야 한다.

책모임을 왜 하냐고 묻는 이에게 주고 싶은 책

같이 읽고 함께 살다 · 장은수 지음
느티나무책방, 2019

나는 우리 학교 독서동아리 운영자다. 책 읽는 사람들의 모임이기보다는 책을 읽으려는 직장 동료들의 모임이다. 자발적인 모임은 아니다. 독서 사업에 응모하여 선발되었기에 억지로 꿰어 맞추었다.《같이 읽고 함께 살다》에 나온 자발적 독서 공동체를 따라 가기에는 벅차지만 반강제적이나마 모임의 첫 단추를 꿰었다는 사실만으로도 만족스럽다. 이 책에는 길게는 20년 넘게 지속해온 독서 공동체도 소개되어 있는데 그런 공동체를 따라 할 수는 없겠지만 정기적으로 모이다 보면 평소 무관심했던 동료들도 점차 서로에게 관심을 보이지 않을까 하는 기대를 해본다.

어려운 책을 척척 읽어낸다는 이 책 속의 독서 공동체들도 처음부터 그렇게 할 수 있었던 건 아니었을 것이다. 해체될 위기를 숱하게 넘겼을 것이고 누군가가 열정적으로 헌신했을 것이다. 처음에는 친목 모임으로 모였다가 점차 전문적인 독서 공동체로 성격이 변해갔을 것이다. 술모임에 갈 바에야 책모임에 가리라, 성장과 발전을 위해서는 뭐니 뭐니 해도 책 밖에 없다는 등 회원들의 사연을 읽어가면서 자꾸 깨닫는다. 독서 공동체는 만들어가는 것이지 정해진 모델이 있는 것이 아니다.

왜 혼자가 아닌, 함께 읽어야 하는가? 꾸준히 읽기 위해서는 소통이 있어야 되고, 소통을 통해 생각이 발전된다. 자신에게 머물러 있지 않고 타인의 시각으로 옮겨가며 세상을 다양하게 보게 된다. 포기하고 싶을 때마다 붙잡아주는 동료가 있으면 다시 시작하는 마음으로 힘을 낼 수 있다. 혼자 책을 읽을 때는 편협해질 수 있는 시야가 여러 사람들 속에서 광범위하게 확대될 수도 있다. 독서는 애당초 함께 읽기에서 시작되었단다. 독서를 통해 성장하기를 원하신다면 공동체 안에서 읽어야 한다.

독서 공동체는 모바일 시대에 대한 저항이기도 하다. 용기를 내어 모이는 사람들이 의외로 많다는 사실에 놀란다. 인구 대비 서점 수가 적은 경남 창원에서도 시민들의 자발적인 독서 모임이 민들레 씨앗처럼 퍼져가고 있고, 기적의 도서관으로 유명한 전남 순천은 여기저기 작은 도서관이 즐비한데 독서 공동체 구성원들이 책을 대여하기 위해서는 빠르게 움직이지 않고서는 원하는 책을 얻지 못한단다. 편의점 숫자보다 도서관과 서점 숫자가 많아지는 그날을 위해!

학부모와의
온도차

오늘은 위기관리위원회로 모였다. 무거운 회의다. 얼마 전 담임선생님으로부터 자살 징후를 보이는 학생의 이야기를 들었다. 일시적인 현상이 아닐까 싶었지만 SNS에 남긴 글로 보면 결코 그냥 넘어갈 수 없는 내용이었다. 당장 해당 학부모님께 연락해보도록 하였다. 이런 급박한 상황에서는 가정에 연락하는 것이 급선무니까. 그런데 여기서부터 문제가 발생했다. 담임교사 및 학교 측에서는 이 상황을 상당히 심각하게 받아들이는데 학부모님은 대수롭지 않게, 오히려 담임교사가 너무 민감하게 반응해서 우리 아이가 위축될 수 있고 낙인찍힐 수 있다는 점을 강하게 항의해왔다. 난감한 일이다. 자살 징후가 보이는 학생의 보호자가 이번 일에 대해서 다른 시각으로 바라보고 있다. 담임교사를 불신하는 쪽으로.

위기관리위원회에서 집중적으로 다룬 회의 내용은 이렇다.

학부모(보호자)가 상담을 거부한다.
학부모가 사소한 일로 치부한다.
작년과 달리 올해 학생의 성장발달 단계를 보면 사춘기에 진입했다.
교우관계에서 발생한 스트레스를 자살로 표현한 상태다.

결국, 부정적인 온도 차를 보이는 학부모에게 개별적으로 접근하기보다는 전문상담교사를 통해 모두를 대상으로 상담 작업을 진행하되, 해당 학생과 학무모는 더 집중적으로 상담을 하기로 했다. 담임교사와 학부모와의 인식 차이로 가끔 중재 요청을 받을 때가 있다.

"교감선생님, 다름이 아니라 저희 반 학생 학부모께서 학생 말만 들으시고 문제 행동에 대해 아이의 잘못이 아니라 선생님의 편견과 선입견 때문이라고 말합니다."
"그래요?"
"학부모님의 반응이 학교에 부정적이고 감정이 좋지 않아 교감선생님의 중재가 필요할 것 같습니다. 학부모님과 상담이 잡히게 되면 중재를 요청드립니다. 제 선에서는 대화가 쉽지 않을 것 같습니다."
"그래요. 제가 적극적으로 담임선생님과 학부모 사이에 중재자가 되겠습니다. 걱정하지 마셔요. 학부모의 일방적인 주장에 속상해하지 마시고요."

학부모상담이 어려울 때 읽는 책

담임선생님에게는 말하지 못하는 초등학교 학부모 상담기록부
송주현 지음 · 은행나무, 2018

초등교사가 하는 일 중에 가장 큰 비중을 차지하는 영역은 수업과 생활교육이다. 한 가지를 더 말하자면 상담이다. 생활교육으로 분류할 수 있는 학생 상담과 달리, 학부모 상담은 학생과 관련된 일이긴 하지만 점차 광범위해져서 교사의 심적 부담이 점점 커지고 있다. 순수하게 학생과 관련된 상담이라면 교사가 심적인 부담을 감수하더라도 충분히 받아들일 수 있겠지만 요즘 말도 안 되는 건수(?)로 교사를 힘들게 하는 학부모들이 많아지고 있는 것이 현장의 실정이다.

자녀의 교우관계로 힘들어하는 학부모, 학습발달 정도가 다른 아이와 비교했을 때 현저히 떨어진다고 생각하는 학부모, 담임교사에게 억울한 대우를 받고 있다고 생각하는 학부모, 스마트폰 중독에 빠진 자녀를 보고 괴로워하는 학부모, 심지어 이혼으로 인해 상처를 받게 된 자녀를 염려하는 학부모 등 다양한 상황에 민첩하게 대응하며 사이다처럼 속 시원히 응답하는 송주현 선생님의 상담 기록부를 흘낏 훔쳐보며 그 노하우에 감탄하게 된다.

한 가정에 자녀가 한 명 또는 많아야 두 명뿐이다. 온실 속의 화초처럼 자라는 자녀들이 학교에서 또래 아이들과 부대끼며 살아갈 때 생길 수밖에 없는 다름과 차이에서 오는 갈등으로 인해 자녀들이 힘들어하는 모습을 인내심을 가지고 지켜보는 학부모들을 찾기가 힘든 시대를 살아간다. 초등교사로서 전문성이 요구되는 것이 상담이다. 상담은 기술적인 면으로 접근하는 것이 아니라 진실된 마음으로 다가갈 때 쉽게 풀리는 부분이 있다. 학생 한 명 한 명을 내 자식처럼 여기며 그들의 고민을 들어주고 학부모와 함께 해결점을 찾는 것이 교사의 임무이기도 하다. 교사 혼자 힘으로 해결할 수 있는 부분이 아니다. 성장기에 있는 학생들의 변화무쌍한 삶을 총체적으로 바라보고 도와주려면 교사-학부모의 협력적 태도가 필요하다.

수업-생활교육-상담, 이 세 영역은 함께 가야 한다! 송주현 선생님처럼 차곡차곡 상담 기록들을 쌓아 놓는다면 교사 개인에게도 무엇과도 바꿀 수 없는 소중한 자산이 될 것이다.

비대면으로
교감하기

2020년 2월부터 학교 안팎의 모임이 제한되고 있다. 밀집도를 최대한 완화해서 감염병 위험을 줄이자는 의도다. 그런데 학교에는 중요한 안건들을 처리하는 회의가 정말 많다. 학기를 준비하는 2월에는 일주일 내내 회의로 시작해서 회의로 끝난다. 뭘 그렇게 회의 할 게 많냐고 물어볼 수 있을 것 같은데 교육과정부터 시작해서 학교 예산 사용, 학생들의 생활교육까지 구성원들이 모여 합의하고 나눌 내용이 헤아릴 수 없을 만큼 많다. 회의하지 않고서는 결정할 수 없는 일들이다. 그런데 문제는 지금이 평상시와 전혀 다르다는 점이다. 심각 단계 중에서도 최상위 단계인 3, 4단계가 계속 이어지고 있다. 이쯤에서 교직원들이 교감에게 제일 많이 물어보는 질문이 있다.

"교감선생님, 오늘 모여서 회의 하나요?"

"이렇게 많이 모여도 되나요?"

이런 질문을 받을 때 교감인 나도 속으로 이렇게 답하고 싶다. '저도 회의하고 싶지 않아요. 그런데 중요한 것을 결정해야 하는데 저 혼자 할 수 없잖아요.'

일반 교사들과 부장교사들의 입장에도 차이가 있다. 업무를 추진하는 입장에 있는 부장교사들은 빨리 회의를 통해 중요한 안건을 결정짓고 싶어 한다. 그래야 다음 일을 진행할 수 있기 때문이다. 그런데 모임 자체를 하지 말라고 하니 속이 타 들어갈 지경이다.

그렇다면 이 문제를 어떻게 해결해야 할까? 고민 끝에 내린 결론은 비대면 회의다. 서로 모이지 않고 회의할 수 있는 방법은 비대면 회의 밖에 없다. 그렇다면 어떻게? 방법이 중요하다. 교사들은 하루 종일 비대면 수업을 하는 경우가 많다. 컴퓨터 모니터 앞에서 하루 종일 수업하는 사람에게 비대면이라면 이제 지긋지긋할 거다. 거기다가 회의까지 비대면으로 하자고 하면 거의 폭발 직전에 이른다. 이런 감정 상태에서 회의한들 결과는 뻔하다. 그렇다고 회의를 안 할 수 없으니 묘안을 짜낼 수밖에 없다. 그래서 교사들도 가장 손쉽게 접할 수 있는 비대면 방법을 적용해보기로 했다. 근무 시간 중에 어느 때든 본인이 편할 때 의견을 남길 수 있고, 언제든지 다른 사람의 의견을 볼 수 있는 시스템을 활용해야겠다는 생각이 들었다. 별것 아니다. 채팅방을 활용하는 거다. 채팅방? 맞다. 채팅방이다. 학교에는 의사소통과 업무 전달을 위한 메신저가 설치되어 있다. 메신저 기능 중에 채팅방 기능이 있다. 채팅방을 개설해놓고 회의 주제와 주요 안건 등을 올려놓으면 교직원들은 자신이 편한 시간에 언제든지 자신의 의견을 남기면 된다. 수업을 종료하고 오후 늦게라도 충분히 의견을 남길 수 있다. 심지어 퇴근 뒤에도 글을 남길 수 있다. 교감은 회의록을 정리하기도 쉽다. 누가 어떤 의견을 냈는지 회의록 양식에 복사해서 붙여넣기만 하면 된다. 정리하는 시간을 확실히 줄일 수 있다. 최종적인 결론은 다양한 안건에 대해 투표를 부치면 된다. 비대면 시대 효율적인 회의 방법이다. 모이기 어렵다면 이렇게라도 비대면 회의를 해야 한다.

비대면 회의의 선구자가 누군가 하고 살펴보았더니 페니 풀란이라는 사람이었다. 페니 풀란은 영국을 본거지로 미국을 오가며 비즈니스 활동을 하던 사람이었다. 그런데 2001년 9.11 테러 이후 3개월 동안 항공 운행이 중단되면서 곤란한 상황에 놓이게 되었다. 울며 겨자 먹기로 새로운 회의 형태로 전환할 수 밖에 없었고, 자신이 이끌던 조직과 팀들을 비대면으로 재구성했다. 비대면 상황에서는 영웅적 리더 한 사람보다 여러 사람이 함께 일하는 것이 바람직하다고 한다. 비대면 상황에서 뛰어난 리더의 자질은 조직의 다양한 측면을 서로 연결짓는 퍼실리테이터(Facilitator, 촉매)의 역할이라고 한다. 채팅방을 개설해놓고 다양한 의견을 수렴한 모습이 결국 퍼실리테이터의 모습이 아닐까. 물론 작은 시도이긴 하지만. 비대면 회의에서는 기존의 회의 방식이 먹히지 않는다. 일방적 지시는 집중력을 흐리게 하며 의욕을 감소시킨다. 비대면 회의에서 주의를 끌기 위해서 퍼실리테이터형 교감의 역할이 필요하다.

퍼실리테이터의 역할은 회의를 최대한 쉽게 이끄는 것이다. 일을 최대한 쉽게 만들어야 한다. 퍼실리테이터의 라틴어 기원 자체가 '쉽게 만들기'이다. 관련된 모든 사람을 참여시키고, 해야 할 일을 맡기며, 창의성을 발휘하게 한다. 비대면 회의의 성패가 여기에 달려 있다.

우리 시대는 코로나19 이전과 이후로 양분되었다. 학교 문화도 달라질 수밖에 없다. 비대면 회의, 재택 근무, 원격 수업과 같은 종전에는 없었던 근무 유형을 피할 수 없게 되었다. 학교 안의 교감의 리더십 유형도 간결해졌다. 퍼실리테이터형 리더요, 조직을 촉진시키는 윤활유 역할의 리더다!

소통 프로세스를 알고 싶은이에게 권하는 책

소통을 디자인하는 리더 퍼실리테이터 • 채홍미, 주현희 지음
아이앤유, 2012

퍼실리테이터는 주제에 대한 전문지식을 갖출 필요가 없다. 전문
지식이 많으면 불필요한 개입을 하게 되어 구성원들의 아이디어
발산에 방해가 될 수도 있다. 퍼실리테이터는 논의 주제에 대한 의
견을 일절 내놓지 않는 것이 원칙이다. 퍼실리테이터는 프로세스
전문가여야 한다.

참석자들의 잠재력을 믿고 그들이 내놓는 답을 정답으로 믿는 자
세가 필요하다. 참석자들 스스로 낸 아이디어가 완벽하지 않더라
도 실행력만큼은 타의 추종을 불허할 것이다. 그들이 낸 아이디어
이기 때문이다. 전문지식과 경험을 갖춘 상급자들의 아이디어가
완벽해 보일지라도 실행력만큼은 제로에 가까울 수 있다. 자발성

을 끌어내기 위해서는 참석자들의 아이디어를 존중하고 정답이라고 믿어주어야 한다. 그럴 때만이 조직이 원활히 돌아간다.

회의와 조직문화를 바꾸기 위해서는 전문적인 퍼실리테이터의 역할이 필요하다. 프로세스 과정을 촘촘히 짜고 전략을 세울 수 있는 전문가 말이다. 일반적으로 퍼실리테이션 프로세스는 오프닝, 아이디어 발산, 아이디어 수렴, 클로징으로 구성된다. 회의의 목적, 안건, 진행순서를 명확하게 공유하는 오프닝은 완벽할 정도로 전략을 세워야 한다. 함께 지켜야 할 규칙뿐만 아니라 참석자들의 딱딱한 마음 문도 열어주어야 한다. 시간이 짧은 회의라도 반드시 오프닝 프로세스는 필요하다.

커피 배달 다닙니다

3년간 걸어서 출근한 적이 있다. 참 행복했다! 8년 동안 매일 왕복 100킬로미터의 거리를 운전하면서 출퇴근했기에 집 가까운 곳으로 근무지를 옮기게 되면 비가 오나 눈이 오나 걸어 다니겠다고 결심했다. 때마침 걸어서 30분이면 충분히 도착할 수 있는 학교로 발령을 받았다. '야호! 이제 걸어서 다닐 수 있겠다!'

걸어서 출근하니 몸에서 제일 먼저 신호가 왔다. 건강해지는 느낌이라고 할까! 걸어서 학교에 도착할 때쯤이면 몸에 살짝 땀이 뱄다. 그 느낌이 좋았다. 몸의 온도가 살짝 올라갔다는 뜻이다. 자동차도 엔진이 적절하게 데워져야 부드럽게 주행하는 것처럼 사람 몸도 데워져야 한다. 아침에 시간이 넉넉해서 운동할 수 있다면 좋겠지만 애들 키우며 출근하기 바쁜 직장인들에게는 언감생심이다. 걸어서 출근하니 운동할 시간을 따로 빼지 않아도 되어 좋았다. 상쾌한 하루 시작의 비결이었다. 몸과 정신이 건강하면 아이들도 교직원들도 환하게 대할 수 있다. 밝은 표정으로 먼저 다가가면 상대방도 쉽게 마음을 열어준다.

아침 출근 시간은 모두 바쁘다. 교직원들도 예외가 아니다. 학교에 도착하면 교실이나 각자의 사무실로 바로 간다. 교직원들끼리 서로 얼굴을 보며 담소를 나눌 시간이 없다. 아이들이 모두 학교에 왔는지, 건강은 어떤지, 기분이 안 좋은 친구들은 없는지 확인해야 한다. 급식소에서는 급식 준비하느라 바쁘게 움직이신다. 병설 유치원 교실도 아침부터 시끌벅적하다.

비교적 아이들과 덜 만나는 내가 할 수 있는 일이 무엇일까 고민하다가 번뜩이는 아이디어가 떠올랐다. 그렇다. 커피를 내려서 직접 배달 가보자. 커피를 내리기 위해 30~40분 일찍 학교로 출근하기로 했다. 커피는 커피머신이 내리지만 원두를 적당하게 넣는 일, 물을 넣는 일, 거름종이를 예쁘게 접어 깔때기에 끼워 넣는 일 등은 직접 해야 한다. 요즘은 믹스커피보다 내린 커피가 대세다. 비교적 손이 많이 가는 일이지만 내린 커피를 고집한 이유는 교직원들의 반응 때문이었다. 출근하시는 분들이 이런 이야기를 할 때 희열을 느낀다.

"와, 무슨 냄새지? 커피향이잖아! 커피향이 저 바깥에서부터 느껴졌어요!"

커피를 내려 배달 가는 순서는 이렇다. 학교에 제일 먼저 출근하는 급식소 사람들을 찾아간다. 급식소에는 영양사님, 조리사님들이 한 시간

일찍 출근해서 급식을 준비한다. 음식 재료를 검수하느라 바쁘시지만 커피를 가져가면 모두들 좋아하신다. 이분들이 머무르는 휴게실을 살짝 엿보았더니 그동안 믹스커피를 애용한 흔적이 역력했다. 물 끓이는 주전자와 종이컵들이 놓여 있었다. 시간적으로 쫓기다 보니 믹스커피 말고는 다른 것을 생각할 수 없었을 것이다.

"이제 제가 커피를 내려 배달 갈 테니 조금만 기다리세요."

두 번째로 찾아간 곳은 병설 유치원이다. 맞벌이 학부모들은 출근하는 길에 자녀들을 학교에 먼저 내려놓고 직장에 간다. 그 시간에 맞추어 유치원 선생님들도 일찍 출근하신다. 한 명 한 명 부모님과 함께 오는 원아들을 챙겨야 하니 커피를 내려 마신다는 것은 꿈에도 생각할 수 없었다고 한다. 잘 됐다. 이참에 내가 커피를 내려 배달 가겠다고 말씀드렸다. 병설 유치원까지 신경 써주셔서 고맙다는 칭찬 한마디에 멈출 수가 없었다.

세 번째로 배달 가는 곳은 행정실이다. 행정실에 근무하시는 분들은 사실 보이지 않는 소외감을 가지고 있으시다. 학교라는 울타리에서 함께 근무하지만 하는 일이 다르기에 좀처럼 맘 놓고 교류하기가 쉽지 않다. 그래서 먼저 찾아가 손을 먼저 내밀어야 했다. 커피를 내려 주전자째로 가져가서 종이컵에 부어드렸다. 머쓱해하시는 듯 보였지만 거절은 하지 않으셨다.

네 번째로 배달 가는 곳은 교무실이다. 가끔 교실로 올라가기 전에 교무실을 들르시는 선생님들에게도 내린 커피 한 잔을 건넨다. 교무행정사님들께도. 그리고 교장실에도 배달을 간다.

하루, 이틀을 넘어 계속해서 커피를 배달하니 이제는 각자의 머그잔을 준비해놓으신다. 종이컵은 일회용이라 아깝다고 하신다. 말하지 않아도 환경을 생각하면서 컵을 준비하는 모습을 보며 놀랐다. 커피 원두가 떨어질 때면 누군가가 채워놓았다. 처음에는 커피 원두를 어떻게 구입할까 고민했는데 첫해는 누군가가 자발적으로 갖다 놓으셨고 이듬해에는 십시일반 약간의 돈을 거둬 커피 원두를 충당했다.

직접 내린 커피 한 잔이 별것 아니지만 소통하는 데에는 그만한 것이 없다 싶다. 한 해가 다 지나도록 우리 직원이었나 싶을 정도로 교류하기 어려웠던, 사각지대에 놓인 분들과 말 몇 마디라도, 얼굴 한 번이라도 볼 기회를 만들기 위해서는 발품을 팔아야 했다. 그냥 다가가기 어려우니 커피만큼 좋은 도구가 없었다.

힘들지 않냐고 하며 그만해도 뭐라고 할 사람이 없다는 말도 들었다. 하지만 나는 내 시간 조금 할애해서 교직원들을 섬길 수 있다면 충분히 가치 있다고 생각한다. 뭘 바라는 것이 아니다. 그저 한 지붕 울타리에 있는 교직원들에게 조금이라도 다가가고 싶을 뿐이다. 먼저 다가가면 진심이 통한다. 무슨 일이 갑자기 생기더라도 서로 오해하지 않고 마음을 이해해주신다. 각박한 세상에 학교마저도 서로의 일을 칼같이 구분하고 분리한다면 다른 직장과 차별이 없을 것 같다. 아이들더러 서로 이해하고 사랑하라고 하면서 학교에 근무하는 어른들이 자신밖에 생각하지 않는다면 그것만큼 말과 행동이 어긋나는 것이 무엇이 있을까 싶다.

커피와 카페를 좋아하는 동료에게 주고 싶은 책

단골이라 미안합니다 • 이기준 지음
시간의 흐름, 2020

믹스 커피가 전부인 줄 알던 때가 있었다. 그러다가 교회 목사님의 소개로 간단한 핸드드립 도구를 구입하면서 드립커피 마니아가 되었다. 직장에 출근하지 않는 날 아침에는 아내와 함께 커피를 내려 마신다. 그리고 커피향을 맡으며 책을 읽는다.

이 책은 에듀니티 편집장이 보내준 것이다. 글 쓰는 일을 어렵게 생각하지 말라면서. 당시 원고에 진전이 없어 고생하고 있었는데 이 책을 읽고 나서 단박에 글 쓰는 패턴이 달라졌다. 괜히 힘이 들어가던 게 없어졌다. 나는 뭔가 있어 보이는 글을 쓰려 했고, 그 과정에서 독자를 아래로 내려다보는 거만함을 은연중에 가졌던 것 같다. 이렇게도 글을 쓸 수 있구나, 이런 글이 편안하고 재미있게 다가오는구나, 하고 이 책을 읽으며 한 수 배웠다.

저자 이기준님은 그래픽디자이너다. 번듯한 작업실도 있는데 매일같이 카페에 가서 일을 한다. 카페가 그의 작업실이자 글 쓰는 공장이다. 글을 쓰는 스타일이며 표현들이 갓 볶은 원두처럼 신선하다. 이 책의 내용으로 말하자면 카페 감별기다. 아침 일찍 문을 여는 카페, 산미가 특별한 원두를 볶아내는 카페, 개성 있는 카페 주인장이 있는 카페, 화장실이 감동적인 카페, 오래 있어도 눈치 보지 않을 수 있는 카페 등 마음에 드는 포인트를 콕콕 짚는다. '카페가 달라봤자 뭐 차이가 있겠어'라고 생각할 수 있겠지만 한끗 차이가 얼마나 큰지를 느낄 수 있다. 그래픽 디자이너라는 저자의 직업도 그렇지만 현대를 살아가는 우리의 직업들은 대개 그 한끗으로 하늘과 땅 차이의 간극을 만드는 경우가 비일비재하다. 그런데 그 이야기를 힘주어 하지 않고, 창밖의 풍경을 내다보듯 자연스럽고도 가볍게 드러낸다. 평범한 일상을 구체적으로 묘사하고 그 장면들에서 떠올린 생각들을 가벼운 문장으로 옮길 수 있는 힘이 참 부러웠다. 저자가 좋아하는 카페이려면 처음 가도 편안하고, 오래 머물러도 지루하지 않고, 세련되고 깔끔하면서도 손님을 주눅 들게 하지 않아야 한다. 커피의 맛은 기본이고, 세팅과 서빙의 방식도 군더더기 없으면서 프로페셔널한 면모가 드러나야 한다. 무엇보다 화장실에 젖은 수건이 걸려 있으면 안 된다! 카페 손님으로서 이보다 더 전문적이긴 어려울 것이다. 고객 역할도 이쯤 되면 프로페셔널이다. 마음에 드는 카페를 찾고, 그 장소에서 머문 시간들을 기억하고, 글로 쓰는 일련의 작업들은 그런 카페를 응원하는 것이다. 이런 장소들이 없어지지 않고 계속 살아남아야 하니까. 학교 안에서의 관계 맺음도 다르지 않다. 티 내지는 않으면서 배려받는 기분을 주고, 무심한 듯하지만 관심을 쏟아주고, 전문적인 영역에 있어서는 마음을 놓아도 되는, 그런 사람이 좋은 동료의 조건일 것이다. 그런 이들이 계속 그곳에서 자신의 일을 마음껏 펼칠 수 있도록 서로 인정해주고 북돋아주는 상호작용이 필요하다.

글이란 자신의 경험과 생각, 자신의 주변 생활 영역을 벗어날 수 없다. 자신의 행동반경 안에서 쓰일 수밖에 없다. 학교에 머물고 있는 나는 결국 학교라는 소재 안에서 글을 쓸 수밖에 없다. 구체적일수록 좋을 것 같다. 자신의 생각을 여과 없이 적어 내려가야 한다. 누가 비판하든 말든. 내 생각을 글로 옮기다 보면 동의하는 사람도 있을 테니까 말이다.

나는 주말에 글을 몰아서 쓴다. 평소에 책을 읽고 그 서평을 주말에 한꺼번에 쓰는 것이다. 바로 읽고 쓰면 감동을 살려 잘 쓸 수 있을 텐데 며칠 지나 쓰다 보니 그때 느꼈던 순간의 감동을 떠올릴 수 없을 때도 있다. 어떻게 하지? 환경이 그러니 어쩔 수 없나? 아니다. 이기준 디자이너라면 뭔가 좋은 아이디어를 생각해냈을 것이다. 테크의 도움을 받아봐야겠다.

매일
새벽에

정확히 언제부터인지는 기억이 안 난다. 매일 새벽 4시 30분경에 일어난 것이 10년은 넘은 것 같다. 새벽에 일어나면 교회로 간다. 교회에 가서 기도한다. 함께 근무하는 교직원들의 이름을 한 명 한 명 부르며 기도한다. 함께 근무했던 교직원들을 위해서도 기도한다. 한 명 한 명 이름을 부르다 보니 오래전에 근무했던 교직원의 이름도 잊지 않고 기억하게 된다. 시간이 많이 흘러도 마치 어제 만난 사람처럼 느껴진다. 기도해야 할 사람들이 점점 많아진다. 그만큼 기도 시간도 길어진다.

최근에 큰 수술을 한 선생님이 계셨다. 위험한 수술이기에 걱정이 된다고 하셨다. 수술할 부위가 힘든 곳이라 의사의 정확한 판단이 필요하다고 했다. 수술 후에도 회복하는 과정이 중요하다고 했다. 수술을 앞두고 위로차 선생님을 만난 자리에서 직접 들은 내용이다. 이때 들었던 내용을 고스란히 새벽 기도로 가져갔다. 기도하겠다고 말씀드렸기에 반드시 실천해야 했다. 매일 새벽, 수술을 앞둔 선생님을 위해 기도했다. 수술하는 날 새벽에는 더욱 간절히 기도했다. 수술이 끝나고 그 선생님으로부터 장문의 메시지가 도착했다.

"교감선생님, 저 오늘 퇴원했습니다. 기도해주셔서 너무 감사했습니다. 신앙으로 지지해주시는 교감선생님 덕분에 또 다른 행복감을 느꼈습니다. 수술 부위에 4센티의 빈 공간이 있었는데 한 달 사이에 기도의 힘인지 그 공간이 근육으로 채워졌다고 담당 교수님이 기적이라고 했습니다. 수술 시간도 30분 단축되어 3시간 30분 만에 자가 호흡을 했습니다. 회복하고 쾌유하여 건강히 복귀하겠습니다."

내가 도울 수 있는 길이 기도밖에 없다고 생각해서 기도했는데 정말 수술이 기적과 같이 잘 되었다니 기도하기 잘했다는 생각이 들었다. 이제 회복하는 과정이 순조로울 수 있도록 기도할 차례다.

얼마 전에는 어느 선생님의 자녀가 코로나19 확진자와 동선이 겹쳐 보건 당국으로부터 자가격리 통보를 받았다. 그 선생님은 이미 백신을 2차까지 접종한 후라 코로나19 음성이 나왔지만 자녀가 자가격리 중에 있고 혹 양성 반응으로 변화될 수 있기에 늘 촉각을 세우고 있었다. 불안하고 염려가 된다고 하시기에 나는 이렇게 말했다.

"선생님, 제가 기도해드릴게요. 걱정하지 마세요. 자녀가 감염되지 않도록 기도할게요."

그 후 선생님의 자녀는 또 한 차례 확진자와 동선이 겹쳐 자가격리 통보를 받았지만 최종적으로 좋은 결과가 나왔다.

"교감선생님, 기쁜 마음에 음성 문자 받자마자 보내드려요. 넘치게 배려해주셔서 감사해요. 제가 교감선생님을 만나 하루하루 마음 편히 생활하고 있는 것 같아요. 진심으로 감사해요."

나는 기도한 것밖에 없다. 선생님 한 분이 감염될 경우 학교에 미칠 여파가 크기에 나는 선생님과 그 자녀를 위해 간절히 기도할 수밖에 없다. 나와 학교가 관련돼 있는 사안이면 기도 내용도 아주 구체적이다.

학생들 중에는 선생님들이 정말 감당하기 어려워하는 아이도 있다. 그런 학생들이 있으면 언제든지 내게 이야기하라고 말씀드린다. 빈말이 아니라는 것을 알기에 선생님들은 문제아를 교무실로 보낸다. 나는 그 아이와 교무실에서, 때로는 한적한 운동장에서 이야기를 나눈다. 그리고 약속한다. 속상하고 힘든 일 있으면 교감선생님을 찾아오라고.

며칠 뒤 담임선생님이 놀라운 이야기를 전해주신다. 교감선생님을 만나고 아이가 달라졌다고. "교감선생님! 대체 비법이 뭔가요? 아이한테 무슨 말씀을 하신 거죠?" 그래서 담임선생님께 말씀드린다. "선생님, 그 아이를 위해 새벽마다 기도하고 있어요." 기도의 힘인지 몰라도 나와 만난 뒤 다시 말썽을 일으킨 아이는 아직까지 없다.

현장학습을 앞둔 선생님이 걱정하는 기색이 비치면 현장학습에 동행도 한다. 아이들이 좋아할 만한 선물도 한다. 딱지 싫어하는 아이는 없다. 딱지를 줬더니 친구들한테 막 자랑하고 다닌다. 사춘기에 빠진 여자

아이들의 미묘한 관계에도 개입한다. 그냥 이야기를 들어준다. 이야기를 들으며 나는 아이 한 명 한 명의 이름을 외운다. 아이의 이름을 외워야 기도할 때 모호하지 않고 정확하게 기도할 수 있다. 복잡하게 얽히고 설킨 여자아이들 관계에는 뾰족한 해답이 없다. 거미줄처럼 촘촘하게 얽혀 있기에 문제의 원인을 찾기 위해서는 먼 과거의 이야기까지 다 끄집어내야 한다. 시간도 많이 걸리고 너무 복잡하다. 그래서 간단하게 해결할 수 있는 나만의 방법을 찾는다. 새벽에 그 아이들을 위해 기도하는 거다.

　나는 새벽에 기도할 일이 끊이지 않기 때문에 가급적 야간 활동을 자제한다. 밤 10시 전에 잔다. 그래도 새벽에 일어나는 일이 쉽지가 않다. 10년이 넘었는데도 여전히 새벽 기상은 고통이다. 특히 날씨가 추워지는 겨울이면 따뜻한 이불 속에서 나오기가 괴롭다. 더 자고 싶고 게으름을 피우고 싶다. 그러나 내가 가슴에 품은 기도 제목이 나를 이불 속에서 끌어낸다. 새벽을 살아야 나도 살고, 내가 근무하는 학교도 살 수 있기에 오늘도 깜깜한 새벽길을 나선다.

내 마음 전하기가 어려운 분께 권하는 책

플라멩코 추는 남자 • 허남현 지음
다산북스, 2021

주인공 허남현은 굴착기 기사다. 첫 번째 아내와 이혼하고 현재 두 번째 아내와 살고 있다. 첫 번째 아내와 낳은 딸이 하나, 지금의 아내와 낳은 딸이 또 하나다. 67세 노년의 나이에 접어든 남현은 젊었을 때 쓴 '청년일지' 노트를 서재에서 찾아낸다. 거기에는 죽기 전에 꼭 해야 할 것들도 기록해두었다. 그중 하나가 첫 번째 아내의 딸 보연이를 찾아 보연이에게 아빠 노릇을 하지 못한 데 대한 용서를 구하는 일이었다. 남현은 수소문 끝에 보연이를 찾는다. 그리고 보연이와 함께 스페인 여행을 떠난다. 스페인 광장에서 플라멩코를 춘다. 수많은 관광객이 지켜보고 있지만 남현이에게는 딸 보연이가 지켜보고 있다는 사실이 중요했다. 그렇게 보연이는 잃은 아빠를 늦게나마 찾게 되고 서로 용서하게 된다.

나는 보연이와 비슷한 삶을 살았다. 아버지 없이 자랐고 아직까지 아버지의 이름도, 얼굴도 모른다. 우리 집에서 아버지에 대한 얘기는 금기였다. 나 스스로 아버지가 누군지 간절하게 물어보지 않는 탓도 있겠지만 어머니의 아픈 과거를 끄집어내는 것 같아 아버지의 존재를 깨끗이 지우고 살았다. 《플라멩코 추는 남자》를 읽는데 잊었던 아버지의 존재가 다시 생각났다. 왜 아버지는 나를 찾지 않았을까? 지금도 살아계실까? 만약 플라멩코 추는 남자, 허남현처럼 지금이라도 내 앞에 나타난다면 어떨까?

나도 제법 나이가 들었다. 이제 곧 있으면 50이니 말이다. 혈기 왕성할 때야 우리 가족을 버리고 떠난 아버지의 존재가 불편하고 원망스럽겠지만 반백 인생을 맞이하는 지금에서야 만약 나타난다면 보연이처럼 궁금했던 것들을 물어보지 않을까 싶다. 새로운 가정을 꾸렸다면 내 존재가 여전히 부담스러울 수도 있겠다. 자녀들도 장성하여 손주까지 보고 노년의 삶을 살아가고 있을 수 있겠다. 허남현의 두 번째 가정의 가족들은 모든 것을 다 이해한다. 남편에게 전처 소생의 딸이 있다는 사실도 받아들인다. 허남현의 또 다른 딸 선아도 다른 엄마의 딸, 언니가 있다는 것에 적잖이 당황했지만 아빠를 이해한다. 나 또한 그러지 않을까. 이왕 이렇게 살아왔고 그렇게 세월이 흘러버린 것을…. 그저 생명을 준 아버지의 존재에 대해 인식하고 늦게나마 감사함을 표현하고 싶을 따름이다. 젊었을 때는 이 모든 가정사가 숨기고 싶은 비밀이었지만 세월이 흐르니 이것 또한 내 삶의 일부분이었음을 인정하게 된다. 오히려 이런 가정사가 있었기에 가정의 소중함을 절실히 바라고 지켜내려고 하지 않았나 싶다.

모든 사람의 가슴마다 말 못할 아픔과 상처가 있을 것이다. 다만 밖으로 꺼내놓을 수 없기에 지금도 여전히 가슴 깊은 곳에 묻어두고 있을 뿐. 어떤 과거도 이해받고 용서받는 분위기가 만들어진다면 지금이라도 이야기보따리를 풀어놓을 사람이 수두룩할 것 같다. 코로나19를 기점으로 우리 사회는 더더욱 각박해진 것 같다. 눈에 보이지 않는 바이러스 때문에 만남을 꺼리고, 만남이 이루어지지 않으니 대화할 기회도 줄고 있다. 자영업 하시는 분들의 어려움은 형언할 수 없을 정도인데 이웃의 아픔이 공감 받지 못하는 상황은 더욱 안타깝다. 플라멩코 추는 남자 허남현은 굴착기를 팔 때 사람을 보았다. 약삭빠른 젊은이보다 무디지만 진솔한 청년에게 자신의 굴착기를 넘기고 싶어 한다. 허남현이 살아가는 세상은 미래가 창창하고 똑똑한 사람보다는 공감해주는 사람, 용서해주는 사람을 원한다. 나도 거기 살고 있다. 당신도 그런가?

2장

라떼타임

교사의 행복도
성적순이 아니다?

가난하니 교대 가라던 시절

교련복을 입고 군사교육을 받던 고3 시절이었다. 담임선생님이 진학 지도를 하시며 교육대에 가보는 것은 어떻겠냐고 하셨다. 처음에는 무서운 생각이 들었다. '교육대? 설마 삼청교육대를 말하는 것은 아니겠지.' 한번 끌려가면 정신이 개조되어 나온다던 무시무시한 삼청교육대와 담임선생님이 말씀하셨던 춘천교육대는 발음조차 비슷했다. 그분께서 나를 교육대로 추천한 가장 큰 이유는 두 가지였다. 첫째, 집이 가난하니 얼른 대학 졸업해서 돈을 벌어야 한다는 것이었다. 둘째, 교대에 간 남학생은 군대에 안 가서 더 일찍부터 돈을 벌 수 있을 거란다. 어쨌든 돈이었다. 맞다. 우리 집은 가난했다. 태어나면서부터 고3 때까지 어머니와 단 둘이서 셋방에 살았다. 여러 군데 이사 다니면서 살았다. 그래서 인지 지금도 학교에서 형편이 어려운 학생들을 보면 가슴이 짠하다. 부모 뒷받침 속에 곱게 자라난 젊은 교사들 눈에 이런 아이들이 어떻게 비칠까 싶다. 지나가는 말로라도 '왜 쟤는 얌전치 못하고 산만하지?', '좀 씻고 다니지…' 같은 소리가 들리면 내 가슴이 다 철렁한다.

따뜻한 관심을 받지 못한 채로 자라는 아이들은 늘 사랑이 고프고 관심에 굶주려 있다. 공부를 따라가는 것도 더딜 수밖에 없다. 구구단 외우는 것도 더디고, 도형의 넓이 구하는 문제 같은 건 너무 어렵다. 나도 그랬다. 집에 가도 반겨줄 어른이 없었다. 찬장에 있는 식은 찬밥에 간장한 종지를 반찬 삼아 끼니를 대신했다. 김치라도 있으면 그날은 횡재한 날이었다. 학교급식이 없던 시절 점심 도시락을 챙기고 갈 형편이 안 되었다. 가끔 구멍가게에서 초코파이 한 개를 사서 점심 대용으로 먹곤 했다. 간식이 궁하던 시절 운동부에 들어가면 간식을 준다는 얘기에 혹해서 육상부에 자발적으로 들어갔다. 육상이라는 종목은 다 알다시피 도구가 필요 없다. 그냥 무조건 달리면 된다. 역전마라톤대회에도 학교 대표로 출전하기도 했다. 평소에 공부로 인정받지 못한 만큼 달리기로 만회했다. 하늘이 무너져도 솟아날 구멍이 있다는 말이 맞다. 공부든 뭐든 인정받을 수 있어야 한다. 먹고 사는 것 자체가 팍팍한 환경에서 자라는 아이들은 늘 기죽어 생활한다. 그렇기 때문에 교사는 최대한 칭찬할 점이 무엇이 있을까 찾아보고 나도 선생님으로부터 인정받는 존재구나라는 느낌이 들 수 있도록 격려해주어야 한다. 칭찬은 아이들의 표정을 변화시킨다. 지저분하다고 핀잔을 줄 필요도 없다. 샤워 시설이 없는 집에 사는 아이들도 있다. 아니 요즘 시대에 설마 그런 집이 있겠냐고 생각할 텐데 모르는 소리다. 예를 들면 모자원이라고 하는 사회복지시설이 있다. 그곳은 한부모 가정의 엄마와 자녀가 입소해서 생활하는 곳이다. 임시 거처이기 때문에 지낼 수 있는 기간이 제한되어 있다. 그곳은 아주 작은 방들이 여러 개 있고 취사시설이나 샤워실은 공동으로 쓴다. 그러니 이 아이들은 매일 여유롭게 머리 감고 씻는 것이 쉽지 않다. 공부보다 사는 것이 우선이다. 가난을 경험해봐야 가난한 사람의 처지를 좀 더 이해할 수 있다. 교육대학교 4학년 학생들을 대상으로 교생 실습을 지도한 적이 있다. 멋진 중형차를 타고 오는 교생들을 보며 격세지감을 느꼈다. 실습을 마칠 때쯤 '내년에 강원도로 임용고시를 보시는 분이 있나요?'라고 물어보았다. 한 명도 없었다. 그 이유가 무엇이냐고 물었더니 강원도는 시골이 많아서 싫단다. 어디든 좋사오니 발령만 해주면 감사하겠다고 생각했던 나로서는 생활하기 편리한 곳이 아니면 안 가겠다는 젊은 교사들을 어떻게 받아들여야 할지 난감하다. 시골에도 교사의 사랑과 돌봄이 필요한 아이들이 있는데 말이다.

선생님이 말한 대로가 아니던데요

가정 형편을 감안하라는 고3 담임선생님의 강력한 권고에 따라 나는 교대에 입학했다. 그런데 진학 지도 때 들었던 정보가 사실이 아니라는 걸 나중에서야 알게 되었다. 우선 남자 교대생은 군대에 안 간다는 말이 사실과 좀 달랐다. 90학번까지는 군대를 안 갔지만 92학번인 나는 군대를 가야 했다. 담임선생님도 제도가 바뀐 걸 몰랐던 거다. 이와 같은 전철을 밟지 않기 위해 교사는 진로 지도에 신중해야 할 것 같다. 교사는 시대의 변화에 민감해야 한다. 학생의 진로에 영향을 미치기 때문이다. 최근에는 초등학교에서도 다양한 형태로 진로 교육을 하고 있다. 학생들이 사는 마을을 중심으로 인적, 물적, 사회적 자본들을 연계하여 다양하게 체험할 수 있는 활동을 수업과 접목하고 있다. 단순히 정보만 던지는 진로 교육이 아니라 직접 일터를 운영하는 마을 주민을 만나 그 일을 하게 된 이유, 그 일을 하면서 느끼는 어려운 점, 그 일의 발전 가능성을 생생한 목소리로 듣는 것이 현장감이 있는 진로 교육이 아닐까 생각한다.

나는 담임선생님께서 알려주신 정보만 믿고 입학했다가 당황스러운 경험을 했지만 그래도 생각지 못한 수확이 있었다. 대한민국 육군 장교(ROTC 34기)로 군 복무를 마칠 수 있었으니까. 모르긴 해도 현직 초등학교 재직 교감 중에 군 복무를 이런 식으로 마친 사람은 아마 드물지 않을까 싶다. 특히 1996년 9월 강릉무장공비 침투사건 당시 나는 703특공연대 소대장으로서 무장공비와 총격전을 펼치며 생사를 넘나드는 경험을 했다. 짧은 군 생활이었지만 사회에서는 경험할 수 없는 소중한 체험을 했고 리더십 또한 배울 수 있었다.

교대에 가면 곧바로 돈을 벌 수 있다는 말도 나에게는 맞지 않았다. 임용고시에 두 번 떨어지고 세 번째에 붙었기 때문이다. 그렇게 삼수를 한 덕분에 시험에 떨어진 사람의 심정을 누구보다 잘 이해할 수 있게 되었다. 남들은 한 번에 임용고시에 붙고 교사가 되는데 나는 왜 이렇게 고난의 길을 걸어야 하는지 원망하는 마음이 컸다. 하지만 누굴 원망하랴. 대학교 성적을 보면 누가 봐도 임용고시를 삼수할 만했다. 교대 입학 후 첫 학기 학점이 4.5점 만점에 1.78점이었다. 당시 유명한 야구선수인 선동렬 투수의 방어율과 비슷했다. 학과 교수님이 부르셨다. 교육대학이 적성에 안 맞냐고. 학점이 왜 그 모양이냐고. 학사경고를 받을 정도로 학점이 낮게 나온 이유에 대해 나도 할 말은 있었다. 첫째, 나는 태어나서 피아노를 쳐본 적이 없는데 입학하자마자 음악 실기를 본다며 연습해 오라고 했다. 교수님 앞에서 피아노도 아닌 풍금으로 연주 테스트를 받으니 잘 될 턱이 없었다. 당연히 결과가 F였다. 둘째, 나는 입학 전까지만 해도 컴퓨터를 만져본 적이 없었다. 그런데 컴퓨터 시간에 과제로 베이직(BASIC) 프로그램을 짜오라고 했다. 이것도 F를 면할 수 없었다. 셋째, 철학 과목에서도 F였다. 다른 과목은 더 말할 필요가 없었다. 이후에도 학기마다 받았던 성적표에는 쌍권총이 많았다. 게다가 나는 과에서 유일한 남자였다. 유아교육학과였기 때문이다. 꼼꼼한 여자 학우들과 어깨를 나란히 하기에는 역부족이었다. 교사로 재직 중에 대학원에 지원하려고 대학 4년 전 과정의 성적표를 발급받은 적이 있었다. 동사무소에서 팩스 민원으로 성적표를 발급받았다. 발급해주는 직원도 웃으시면서 내게 서류를 넘겼다. 서류에 적혀 있는 성적표를 보니 나도 웃을 수밖에 없었다. 성적표에는 281명의 졸업생 중 263등이라고 나와 있었다. 등수가 좋을 리 없을 거라 생각은 했지만 설마 이 정도일 줄은 몰랐다.

그래도 대학 생활을 후회하지 않는다. 내게 주어진 가난이라는 환경은 어찌할 수 없는 부분이었기 때문이다. 학업 중에 연탄을 배달하고 두부 장사를 했던 일은 좋은 추억으로 남아 있다. 골목길 구석구석을 따라 손수레로 연탄을 싣고 배달한 경험은 평소 만날 일 없는 주변 사람들이 어떤 삶을 사는지 직접 볼 수 있는 기회였다. 연탄 1,000장당 만 원을 받았다. 그때 돈 만 원이면 인근 대학 식당에서 10번 점심을 먹을 수 있는 금액이었다. 두부 장사는 마진이 좋았다. 두부 한 모를 500원에 팔면 250원이 내게 떨어졌다. 순두부, 어묵, 비지도 바구니에 담아 손수레에 싣고 다니며 팔았다. 종을 딸랑딸랑 흔들며 "두부 왔어요! 순두부! 따끈따끈한 두부 왔어요!"라고 목청껏 부르짖으면 저녁 찬거리를 준비하는 아주머니들이 나오셨다. 두부 장사를 할 때는 한 가지에 주의해야 했다. 마트에서 최대한 멀리 떨어진 곳에서 장사할 것. 그래야 마트 주인 분들한테 욕을 먹지 않았다. 무거운 손수레를 낑낑 밀며 올라가야 하는 일은 힘겨웠지만 남는 이익이 많았기에 감수할 만했다. 이런 경험들이 나중에 교사로서 살아가는 데 큰 도움이 되었다.

졸업 후 나에게도 진로에 대한 고민이 있었다. 여러 번 임용고시에서 떨어졌기에 '과연 내가 교사가 될 수 있을까?' 하는 고민도 있었지만 더 큰 고민은 IMF 외환위기였다. 임용고시에 붙는다는 보장도 없고 당시는 장교로 군 복무 중이었으니 아예 직업 군인으로 남을까 하는 생각이 들었다. 그래도 교사가 되어야겠다고 마음을 먹은 것은 '아이들을 좋아해서', '교직을 천직이라고 생각해서'가 아니라 솔직히 군 생활이 너무 힘들었기 때문이다. 천리행군, 특공무술, 헬기레펠, 공수훈련 등등 모든 것이 체력과의 싸움이었다. 만약 군 생활이 힘들지 않았다면 진로를 다르게 선택하지 않았을까 싶다. 교직 현장에는 '대학에서 성적이 낮은 교사일수록 현장에 잘 적응한다'는 속설이 있다. 그 이유가 무엇일까? 내 생각에는 교사의 자질이 성적이 아닌, 사람을 이해할 줄 알고 어려운 일도 기꺼이 받아들이는 자세에 있기 때문이 아닐까 싶다. 교사라는 직업뿐이겠는가. 대부분의 직업이 그럴 것이다. 조금 못 가르치면 어떤가? 아이들을 진심으로 이해하고 사랑할 수 있는 마음만 있다면 이것만큼 더 큰 교사의 자질이 어디 있을까? 그런 점에서 교사의 길로 진로를 선택한 일은 참 잘 한 것 같다.

교사여서 다행이다

타의 반 자의 반 나는 교사로서 사회인의 첫걸음을 내딛게 되었다. 직업을 선택하는 기준이 사람마다 다르겠지만 교사로 생활하면서 한 가지를 깨닫게 되었다. 일하며 느끼는 만족과 보람은 행복에 많은 영향을 미친다는 것. 그래서 나에게 이런 질문을 던지곤 한다.

"내가 직업에서 바라는 가장 중요한 가치는 무엇일까?"
"내 직업에서 난, 무엇을 가장 중요하게 얻고 싶은 걸까?"

작은 학교에서 근무할 기회가 많았다. 그곳에서 느낀 교사의 직업적 만족과 보람은 비교할 수 없을 정도로 높았다. 그 이유가 무엇일까 생각해보니, 몇 안 되는 교직원 모두가 스스로를 학교 운영의 주체로 인식하고 상부상조하며 생활했기 때문이다. 좋은 공동체를 만들기 위해 서로가 노력한 결과, 보람을 느낄 수 있었다. 누군가 나에게 교사의 가장 큰 매력이 무엇이냐고 물어본다면 '보람'이라고 답하고 싶다. 이따금 어려움에 직면해서 눈물이 나거나 속상한 날도 많았지만 보람을 느낀 날 또한 많았다. 나를 통해 학생이 변화되었다는 얘기를 뒤늦게 듣게 되면 벅

차오르는 보람을 감출 수 없다.

　교사라는 직업은 소위 세상 물정 몰라도 살아갈 수 있는 직업군 중 하나다. 학교와 학생 외에 아무것도 모르는 우물 안 개구리라 해도 할 말은 없지만 반대로 생각하면 세상 돌아가는 흐름에 조금 뒤처지더라도 꾸역꾸역 한 방향을 바라보며 살아갈 수 있다. 교사란 그런 직업이 아닐까 싶다. 나처럼 집, 학교, 교회밖에 모르는 사람은 교사여서 참 다행이다.

　20여 년 동안 교사 생활을 하면서 외부에서 교사를 바라보는 시선이 미묘하게 달라지는 것을 느꼈다. 한마디로 말하면 교사의 권위가 예전 같지 않다. 시골에서 근무할 때 길을 걷다 보면 마을의 어르신들을 뵐 때가 있었다. 나이도 한참 많으신 분들이 총각 교사인 나에게 늘 부르는 호칭이 아직도 기억이 난다.

"선상님, 어디 가셔요. 잘 다녀오십시오."

　어르신들께서 총각 교사를 바라보는 따뜻한 시선이 호칭에서 느껴졌다. 지금도 여전히 나는 선생님으로 불린다. 아파트 엘리베이터에서, 동네 마트에서 마주치는 이웃들에게 나는 변함없이 선생님으로 통한다. 심지어 길거리를 가다가도 어디선가 '선생님'이라는 소리가 들리면 반사적으로 고개를 돌린다. 그런데 요즘에는 선생님이라는 호칭이 그저 사무적으로 느껴진다. 나만이 그런 걸까?

　그럼에도 분명한 것은 교사에게 기대하는 바가 점점 커지고 있다는 사실이다. 기대가 크면 실망도 큰 법이다. 교권이 추락하고 있다는 것도 달리 생각하면 교사에게 주어진 권위에 합당한 삶을 살라는 기대가 깃들어 있다는 뜻이다. 모든 사람을 만족시킬 수는 없다. 하지만 내가 맡은 학생들에게 자그마한 선한 영향력을 끼친다면 최소한 학부모님들에게 신뢰를 얻을 수 있지 않을까 생각해본다. 나의 외부적 조건을 따지지 않고 그저 나를 교사로 불러주는 것만으로도 감사하다. 교사가 아니었다면 들을 수 없는 호칭이다. 교사여서 다행이다.

산골 교사로 사는
즐거움

내일 가정방문 갑니다

내가 처음 부임한 학교는 전교생이 30명 남짓한 분교였다. 두 학년이 반 칸 크기의 교실에 모여 공부하는 작은 시골 학교가 자리한 곳은 하루에 버스가 두 번 지나가는, 구멍가게 하나 없고 가로등도 없어 해가 지면 온 세상이 깜깜해지는 곳이었다. 우선 담임을 맡은 반 아이들의 가정을 방문해봤다. 부엌 한쪽에서 소를 키우는 집이 있었다. 자동차가 올라갈 수 없는 산자락 기슭에 있는 집도 있었다. 어떤 집은 수도 시설이 없어 산에서 내려오는 물을 받아 사용하고 있었다. 90년대 후반인데도 문명의 혜택에서 이렇게 멀리 떨어진 집이 있을 수 있나 싶을 정도였다.

나와 함께 지낼 아이들의 가정을 살펴보는 일이 학생 생활교육의 시작이라고 생각했다. 아이의 부모를 직접 만나 인사를 나누고 아이가 생활하는 방을 둘러보는 것만으로도 래포(상호신뢰)가 형성되었다. 교사가 맡은 아이들을 온전히 이해하기 위해서는 아이들의 부모부터 알아야 한다. 아이의 행동 이면에는 부모의 양육 가치관이 담겨 있기 때문이다. 지금은 아이들이 대부분 아파트에 거주하는 데다 사회적 거리두기 문화가 익숙해져서 가정방문이 생소할지 모르지만 교육활동에서 가정방문은 매우 가치 있는 일이라고 생각한다.

학기 초 가정방문의 효과는 즉시 나타난다. 학부모가 담임선생님을 신뢰하게 만든다. 아이와 관련한 사건이 발생해도 아이의 말만 듣고 화를 내기보다 담임선생님의 말에 더 귀를 기울이신다. 학부모와 신뢰 관계가 형성되면 담임선생님은 소신껏 학급을 운영해나갈 수 있다. 학부모뿐만 아니라 아이들도 담임선생님을 바라보는 시선이 달라진다. 부모와 담임선생님이 대화할 정도로 친하다는 것을 알면 아이들은 교사 앞에서 섣불리 거짓말을 하지 않는다. 거짓말을 했다가는 바로 부모의 귀에 들어간다는 것을 알기 때문이다. 물론 가정방문을 다니는 일은 쉽지 않다. 때로는 부모를 만나기 위해 퇴근 뒤 일터를 찾아가야 할 때도 있다. 불필요한 오해도 살 수 있다. 그럼에도 불구하고 가정방문을 고집한 이유는 학생을 더 잘 돌보기 위함이었다. 강원도처럼 산간벽지 마을이 많은 지역에서는 아이들이 사는 환경을 꼭 둘러볼 필요가 있다. 집에서 학교까지 얼마나 먼지, 집에서 누구와 살고 있는지, 다문화 가정의 아이는 부모와 얼마나 소통하고 있는지 등 교사가 미리 살펴둘 점들이 아주 많다.

당시 아이들은 한 시간 정도 걸어서 학교에 왔다. 지금이야 교육지원청에서 운행하는 버스가 시내버스처럼 곳곳을 돌아다니기에 이럴 일이 없지만 그때는 사정이 달랐다. 시골의 아이들에게 걷는 것은 일도 아니다. 오히려 선생님들이 체력이 좋지 않아 피곤해하는 경우가 많다. 주변에 학원이 없기에 학교가 유일한 교육기관이다. 학교에서 배우는 것이 전부이니 교사로서 책임감이 저절로 든다. 나의 교직 첫 생활은 이렇게 시작되었다.

자동차가 없으면 식재료를 사는 일도 힘들고 출장 나가는 일도 불편해서 큰마음 먹고 중고 자동차를 구입했다. 내 딴에 아이들을 돕고 싶어서 몇몇 아이들을 집까지 태워준 적이 있었다. 하루는 늦게까지 운동장에서 놀던 아이들을 데려다주려고 태웠는데 한 아이의 집이 언덕에 있었다. 아래쪽에 자동차를 세워 걸어 올라가게 하면 될 일인데 기왕 태워다주는 거 고생시키지 말자는 생각에 도로 사정을 생각하지 않고 겨우겨우 운전해서 올라갔다. 내려올 때가 문제였다. 주변은 어둑어둑해졌고 길도 포장이 되어 있지 않은 터라 운전해서 내려오는 게 쉽지 않았다. 결국 다음 날 자동차를 수리할 일이 생기고 말았다. 수리비가 엄청 나왔다. 아이들은 이 사실을 아는지 모르는지 계속 태워달라고 했다. 순진한 교사의 무모한 배려였다.

너무도 진지했던 축구 게임

우리 반 아이들 3~4학년을 다 모아도 10명 남짓이었다. '교육과정 재구성'이라는 말도 없던 그 시절, 나는 머리를 굴려 체육 수업 때 축구형 게임을 했다. 제대로 된 축구를 하자면 인원수가 충족되어야 하는데 남녀 합해봤자 11명뿐이었다. 그렇다고 아이들이 좋아하는 축구를 안 하고 넘어갈 수는 없는지라 나름대로 창의력을 발휘해 우리만의 룰을 만들었다. 축구 골대를 작게 만들고 남녀의 신체적 차이를 감안하여 규칙을 조정했다. 경쟁심을 한껏 고조시키고 나는 심판을 맡았다. 게임을 박진감 있게 진행하려면 심판 역할이 무척 중요하다. 권위가 있어야 하고 때로는 과장되게 연기도 해야 된다. 한두 번 해보니 아이들이 무척 즐거워했다. 우리 반은 매일 축구 게임을 했다.

하루는 반칙을 한 아이에게 과감하게 레드카드를 내밀었다. 퇴장을 선언한 것이다. 그랬더니 퇴장당한 아이가 억울하다며 교실에 가서 책가방을 둘러메고 집으로 가버리는 것이 아닌가! 허, 이만한 일로 수업 중에 집으로 가다니. 집에 가도 모두 밭일 나가서 반겨줄 어른도 없을 테니 다시 학교로 오겠거니 했는데 아무리 기다려도 오지 않았다. 어른의 눈에는 그저 꼬맹이들의 축구 게임이었지만 아이들에게는 그야말로 자존심을 건 대결이었던 것이다. 그런 경기에서 선생님이 레드카드를 내미니 화가 났던 것이다. 사실 나도 무척 당황했다. 수업 중에 집에 가버리다니. 웃을 수도 화낼 수도 없었다. 얼마 전 30대 중반이 된 그 시절 제자들이 스승의 날 즈음 집으로 찾아왔다. 그중에는 레드카드를 받고 집에 가버린 제자도 있었다. 아직도 그때 일을 잊지 않고 있었다. "선생님, 저한테는 한 게임 한 게임이 한일전이었다고요!"

봉고차는 사랑을 싣고

아이들에게 뭐 하나라도 좋은 걸 보여주고 싶은 것이 교사의 마음이다. 내가 맡았던 시골 아이들에게도 넓은 세상을 경험시키고 싶었다. 11명의 아이들을 데리고 한 번에 움직이기 위해서는 봉고차가 필요했다. 시골 마을을 둘러보아도 봉고차를 빌릴 만한 곳이 마땅치 않았다. 그런데 그때 교회가 떠올랐다. 아이들을 위해서라면 뭐든 못하겠나 싶어 목사님을 찾아가 부탁을 드렸다. 아이들을 데리고 현장체험을 다니고 싶은데 교회 봉고차를 빌릴 수 있냐고. 정말 어렵게 말씀을 드렸는데 목사님께서 단박에 승낙해주셨다.

다음 날부터 틈만 나면 교회에서 빌린 봉고차에 반 아이들을 태우고 곳곳을 돌아다녔다. 운전은 직접 했다. 지금 생각해보면 정말 위험천만한 일이다. 사고라도 났으면 어쩔 뻔했나. 내 교직 생활이 조기에 마감될 수도 있었다. 예나 지금이나 학생의 안전이 최우선이다. 현장체험학습을 하루만 다녀오더라도 교사가 사전에 준비할 것이 참 많다. 사전답사 다녀와야지, 보험 계약했는지 확인해야지, 안전교육 해야지, 밥은 어디에서 먹을지 등등. 이 모든 절차를 생략하고 겁 없이 덤볐던 초보 교사 시절을 생각하면 웃음부터 나온다. 아무것도 몰라서 용감할 수 있었던 그때가 참 행복했던 것 같다. 돌이켜보면 참 이상적인, 말 그대로 살아 있는 교육을 했다.

그때의 나처럼 지금의 교사들도 행정적인 절차는 최소화하고 자신이 꿈꾸고 상상하는 교육을 마음껏 펼칠 수 있다면 얼마나 좋을까. 현실에서는 교사가 현장체험학습을 준비하는 과정에서부터 지치는 경우가 많다. 계획서를 작성하다 의욕을 잃기도 한다. 갖춰야 할 형식과 절차를 건너뛰자는 말이 아니다. 계획서라는 틀에 너무 매이게 되면 교사의 창의성이 발휘되기 어렵다. 시골 분교 시절, 내가 하고 싶은 교육활동을 실컷 할 수 있었던 것은 나를 믿어준 학부모와 동료 교사들 덕분이었다. 그리고 본교에 있는 교장, 교감선생님의 무관심도 한몫했다.

"장~군, 이런 법은 없사옵니다!"

이 대사는 드라마 〈왕건〉에 나오는 명대사 중 하나다. 인기배우 최수종이 주인공 왕건을 연기했던 이 드라마는 상당한 시청률을 기록했다. 후삼국이 패권을 차지하기 위해 다투는 장면이 시골 아이들에게도 꽤 인상적이었는지 하루는 아이들이 역할극을 해보자고 했다. 드라마의 인상적인 장면을 자기들끼리 재현해보고 싶었던 거다. 대본을 만드는 일은 국어 수업과 연결할 수 있고 소품 제작에는 미술 수업을 끌어들일 수 있으니 얼마든지 가능한 수업이었다.

오랜 시간이 지났지만 아직까지도 그 수업의 장면 장면이 생생하게 기억난다. 아이들의 흥미를 수업에 적용시킨 점이 딱 맞아떨어진 것이다. 하라는 공부는 안 하고 드라마만 보냐고 야단을 쳤다면 이렇게 멋진 수업을 만들 수 없었을 것이다. 장소도 교실에서 벗어나 학교 뒷산으로 잡았다. 야트막한 산이지만 지금 같으면 엄두도 못 냈을지 모른다. 위험 요소가 한둘이 아니니 말이다. 산에서 고라니나 멧돼지 같은 산짐승을 만나면 어떡할 것인가. 그러거나 말거나 정말 무모하게 아이들 모두를 데리고 뒷산으로 올라갔다.

산속은 아이들 세상이 됐다. 모두 자신이 맡은 역할에 열심을 다했다. 그날 아이들은 모두가 배우이자 감독이었다. 연기를 하는 아이들 모두 목숨이 여러 개였다. 화살에 찔려도 살아서 뛰었고 칼에 베여도 죽었다가 다시 살아났다. 말을 타고 적진에 뛰어드는 연기도 실감났다. 당시 스마트폰이 있어서 촬영해놨다면 얼마나 좋았을까 아쉬울 정도다. 산속에서 아이들은 건축가도 되었다. 보기에 그럴싸한 성을 만들기 위해 주변에 널브러진 나뭇가지, 나무토막, 솔방울을 긁어모으고 힘을 합쳐 힘든 줄도 모르고 성을 만들었다. 오전 내내 산속에 있다 배가 출출해지자 그제야 내려왔다. 아이들은 밥을 후다닥 먹고는 또 산으로 올라갔다. 못다 만든 성을 완성해야 했기 때문이다. 산에서 교과서도 없이 국어, 수학, 사회, 자연을 다 공부했다. 그렇게 아이들은 무에서 유를 창조해냈다. 교사인 나는 아이들을 지켜봐주고 감탄하며 함께 웃어준 게 다였다.

교사의 길은 험난하다

시골 학교와 도시 학교의 차이점 중 하나는 아이들의 등교 시간이다. 시골 아이들은 참 빨리 학교에 온다. 관사에서 아침밥을 지어 먹고 있으면 벌써 운동장에서 아이들 목소리가 들린다. 농사짓는 집이 대부분이라 해 뜨기 전에 밥을 먹고 어른들은 일터로, 아이들은 가방 메고 학교로 간다. 이른 아침이지만 학교에 오면 친구들이 있고 수업 전에 실컷 놀 수 있기 때문이다.

하루는 한 아이가 아침에 관사 문을 두드렸다. 꽤 이른 시간이었다. 선생님, 선생님하면서 다급하게 부르는 소리에 문을 열어보니 녀석의 표정이 다급했다. 왜 그러냐고 물었더니 쭈뼛거린다. 똥 냄새가 물씬 풍겼다. 한 시간 거리인 집으로 돌아가서 씻고 옷을 갈아입으라고 할 수는 없었다. 수돗가로 데려가서 엉덩이를 씻겼다. 남자아이라 정말 다행이었다. 문제는 갈아입힐 팬티와 바지가 없다는 거였다. 내 팬티와 운동복 바지를 입혔다. 만약 지금 이런 일이 일어나면 어떻게 될까? 부모에게 연락해 급히 와달라고 하면 된다. 그때는 밭일 나간 부모 역할을 교사가 대신해야 했다.

그러고 보니 학교 기능이 그때로 돌아가고 있는 것 같다. 요즘은 학교에 교육뿐 아니라 돌봄까지 요구하고 있으니 말이다. 교사의 역할도 그렇다. 누군가는 교사가 학생을 교육하는 사람이지 돌보는 사람이 아니라고 한다. 하지만 학교에 대한 학부모와 사회의 요구가 상당히 달라졌다는 점을 잊지 말아야 한다. 팬데믹 상황을 겪으면서 사각지대에 놓인 초등학생의 돌봄이 얼마나 중요한지 우리 모두 뼈저리게 느끼게 되었다. 비대면 시대에 근무 방식은 재택으로, 수업도 원격으로 진행되지만 돌봄만큼은 학교에서 안전하게 해주기를 바라는 것이 사회적 기대다. 돌봄이 누구의 영역인지 갑론을박 중에 있지만 아무리 생각해도 정답은 없다. 다만, 교사가 꽃길만 걸으려 해서야 되겠나 하는 생각이 든다. 교감도 마찬가지다. 학생과 교직원을 섬기는 교감, 낮은 곳에서 위를 쳐다보며 필요한 부분을 챙기는 교감, 꽃길보다는 험난하지만 좁은 길을 고집하는 교감이 되어야 하지 않을까 스스로 다짐해본다.

스승의 자리

지금도 스승의 날이 다가오면 설렌다. 물론 스승의 날이라고 특별할 건 없다. 김영란법 시행 이후 기념식도 없어지고 부담이 될 상황 자체를 만들지 않으니까. 하지만 교사들끼리 서로 축하하며 스스로 스승의 의미를 고민하는 기회가 된다. '우리가 스승이 맞나?', '아이들 앞에 부끄럽지 않은 삶을 살아왔나?', '그래, 앞으로 더 잘해야지' 등 새로운 마음을 가져본다.

첫 부임 뒤 이듬해 있었던 스승의 날은 지금도 기억에 남는다. 아침에 교실에 들어갔더니 책상에 뭔가가 수북이 쌓여 있었다. 까만색, 누런색 비닐봉지였다. 봉지를 살짝 열어봤더니 고춧가루, 김치, 마늘, 된장 등 어머니들이 아이들 편에 보낸 마음이 담겨 있었다. 그 후로도 종이로 접은 카네이션이나 편지는 받아보았지만 학부모가 직접 농사지은 식재료를 받은 적은 없다. 학부모의 마음이 담긴 선물을 돌려보낼 수도 없고 해서 주섬주섬 챙겨 관사에 갖다 놓았다. 오후쯤 되니 '똑똑' 창문 쪽에서 나를 부르는 소리가 났다. 창문을 여니 아이들이었다. 운동장에서 놀던 아이들이 왜 나를 부를까 싶어 내다보았더니 운동장으로 나오라고 한다. 같이 놀자는 뜻인가? 운동장으로 나갔더니 자기들을 따라오라고 한다. 무슨 일이 있나? 아이들이 가는 방향이 주차장이다. 쭉 따라갔더니 아니 이 녀석들이 내 차를 말끔하게 손세차를 해놓은 것이 아닌가! 5월이라고는 하지만 골짜기에서 불어오는 바람이 아직 차다. 상수도가 들어오지 않아 지하수를 끌어다 쓰는 마을이니 물은 또 얼마나 찰 것인가. 물에 적신 수건을 고무장갑 하나 없는 맨손으로 잡아 세차를 한 거다. 스승의 날에 선생님을 깜짝 놀래주고 싶어서 그랬다지만 누가 보면 영락없는 아동학대다. 아이들을 시켜 세차를 시킨 파렴치한 교사로 소문날 수도 있는 일이 아닌가. 아이들은 내 표정을 본다. 웃을 수도 없고 그렇다고 잘했다고 칭찬할 수도 없고 난감했다. 복잡한 내 마음을 아는지 모르는지 아이들은 뿌듯한 표정이다. 놀라 자빠지는 연기라도 했어야 했나? 20년도 훌쩍 지난 일이지만 아직도 기억에 생생하다.

　교사는 시간이 지날수록 나이가 들어가지만 학교에서 만나는 아이들의 순진함은 늘 그대로다. 아이들은 쑥쑥 자라 졸업하고 중학교에 진학해 어른으로 성장하지만 나는 변함없이 매년 새로운 학생을 만난다. 순진한 아이들이 매년 새롭게 온다. 그런 아이들과 함께 생활하는 것 자체가 교사의 행복이다. 생명이 없는 사물을 다루는 것이 아니라 살아 꿈틀거리는 생동감 있는 아이들을 직장에서 만날 수 있다는 건 특권이다. 세상 누가 나를 선생님이라고 불러줄까? 학교 밖으로 나가면 들을 수 없는 말이다. 선생님이라는 호칭에 부끄럽지 않은 삶을 살아가야겠다는 생각이 머리에서 떠나지 않는다. 교사라는 직업이 특별한 이유는 늘 아이들 앞에 서기 때문이다. 그런데 학령인구가 점차 줄어든다고 한다. 어느 지자체에서는 2021년의 신생아 수가 10명밖에 안 된다고 했다. 아이들이 없으면 교사도, 학교도 존재의 이유가 없는데 걱정이다.

너희는 방학 없다!

　시골 분교에서는 겨울이 다가오면 교무실에도 석유난로를 갖다 놓고 연통을 설치한다. 겨울방학식을 하면 긴긴 방학에 들어가고 학교도 조용해질 것이다. 방학을 기다리던 아이들은 신이 났다. 그런데 나는 아이들에게 의미심장한 표정으로 엄숙하게 선전포고를 했다.

"이번 겨울방학은 아주 중요해. 중학교 반 배치고사도 있잖아. 방학이지만 다들 교무실로 와서 선생님이랑 시험 준비한다!"
"언제부터 해요?"
"언제부터긴 언제부터야, 방학식 다음 날부터지."
"쉬는 날 없어요?"
"쉬긴 뭘 쉬어. 잠깐 휴가는 줄게."
"몇 시부터 몇 시까지 해요?"
"늘 오던 대로 오면 돼. 도시락 싸가지고 와라."

겨울방학을 맞이하면서 보충수업을 해줄 생각이었다. 6학년 아이들은 내년에 중학교에 간다. 당시 면에는 중학교가 딱 하나 있었다. 면 소재 초등학교 아이들은 모두 그 중학교로 진학한다. 중학교에서는 입학 전 2월 초에 배치고사를 본다. 시험 보는 날짜를 미리 알려왔기에 이번 기회에 우리 아이들의 실력을 보여주어야겠다고 마음먹었다. 아이들 의견은 묻지도 않고 방학 내내 시험공부를 하겠다고 말했다. 학부모에게도 전혀 알리지 않았다. 나중에 들어보니 학부모님들은 좋아했단다. 방학 때 매일 TV 보고 늦게 일어나는 꼴을 안 보니 좋았다고. 초등학교 담임이 중학교 들어갈 준비까지 해준다니 학부모들이 반대할 이유가 전혀 없었다. 놀라운 것은 아이들도 좋아했다는 사실이다. 집에 있어도 같이 놀 친구가 없으니 학교에 나오는 것이 낫다. 친구들을 만나 놀 수도 있고 도시락 먹는 재미도 좋았다고 한다. 시험공부를 하다 보면 난로 위에 얹어둔 도시락에서 구수한 냄새가 솔솔 났다.

방학 전에 읍내로 나가 모의고사 문제집을 잔뜩 샀다. 교무실 복사기를 이용해 시험지를 수도 없이 복사했다. 시험 치고 채점하고 또 시험 치고 채점하고. 비슷한 유형의 문제를 반복하니 이제 아이들이 달달달 외울 정도가 되었다. 결국 그해 중학교 반 배치고사에서 전체 수석을 우리 분교 아이가 차지했다. 작은 마을이다 보니 소문이 쫙 퍼졌다. 졸지에 나는 공부 잘 가르치는 교사로 소문이 났다. 지금 돌아보면 겨울방학 동안 아이들하고 시험지 풀면서 보낼 생각을 어떻게 했을까 싶다. 그때의 내가 기특해진다. 아이들과 함께 싸온 도시락을 따뜻하게 비벼먹던 시간도 그립다.

코로나19로 학력 격차가 심화되었다고 걱정하는 목소리가 많다. 교육부에서도 다양한 지원방안을 내놓고 있다. 2020년에는 학생들이 학교에 간 날보다 가지 않은 날이 더 많았다. 온라인 수업이라는 게 스스로 공부의 속도를 조절할 수 있는 아이들에게는 편리할지 몰라도 학습이 느린 아이들 입장에서는 따라가기 쉽지 않은 수업 형태일 수 있다. 그러다 보니 학력 격차가 커지는 것이다. 가르치는 것은 교사의 본업이다. 학습에 어려움을 겪는 아이들이 있다면 수단과 방법을 총동원해서 도와주어야 할 책임이 있다. 학생들과 직접 만날 기회는 줄었지만 교감도 교사다. 학생들도 나를 선생님이라고 부른다. 마음이 느슨해질 때면 분교의 신규 교사 시절을 다시 떠올려본다.

교사도
사람이라

나는 체벌 교사였다!

지금도 마음 한구석에 남은 회한의 장면들이 스쳐간다. 정말 이런 이야기를 꺼내기가 부끄럽고 창피하다. 얼굴이 빨개져 고개를 들 수도 없다. 나는 체벌하는 교사였다. 쪼그만 아이들 때릴 데가 어디 있다고. 참 많이도 때렸다. 아니, 팼다는 말이 맞다. 장작 패듯이. 군 복무를 막 마친, 혈기 왕성한 청년 교사 시절이었다.

"오늘부터 쪽지 시험을 본다. 한 문제 틀릴 때마다 엉덩이 한 대씩."

그냥 몽둥이도 아니다. 혹시 아는가. 크기는 작아도 절대 부러지지 않는 물푸레나무라고. 가늘지만 단단하게 생긴 몽둥이로 시험 성적에 따라 매를 댔다. 매일매일 공포의 분위기를 만들었다. 어른도 맞으면 아팠을 매를 나는 아이들에게 정말 많이도 댔다.

하루는 교육청에서 전화가 왔다. 체벌 때문에 민원이 접수됐다고. 할아버지 한 분이 전화를 하셨다고 한다. 장학사님과 통화하다 보니 누군지 알 것 같았다. 정신이 번쩍 들었다. 어떻게 해야 되나? 무작정 그 아이의 할아버지 댁을 찾아갔다. 그리고 할아버지 앞에 무릎을 꿇고 용서를 구했다. 그 아이는 부모 없이 할아버지, 할머니와 함께 살고 있었다. 할아버지의 눈에는 손주의 종아리에 난 매 자국이 가슴 아팠을 것이다. 지금 돌이켜보면 나는 정말 개념이 없었다. 공부를 향한 학생의 의지를 시험 성적으로만 판단하고 폭력을 열정이라 믿고 휘둘렀던 것이다. 당시 아이들을 만나면 나에게 맞은 얘기부터 꺼낸다. 그때는 내가 호랑이보다도 무서웠다고 한다. 시간이 지났지만 얼굴이 다 빨개진다. 정말 무식한 게 용감하다고 교육자로 살아온 과정 속에서 지우고 싶은 장면 중의 하나다.

불명예 학급 교체라니!

교사 생활 10년 차가 되면 자신도 모르게 콧대가 높아진다. 오만함이 충만해지는 시기다. 신규 교사일 때는 경험이 없다 보니 하는 일마다 서툴다. 의욕은 앞서지만 마무리가 깔끔하지 않다. 열정은 넘치나 늘 아슬아슬하다. 하지만 30대 중반쯤 되면 여러모로 자신감이 넘치게 된다. 수업뿐 아니라 생활교육에도 에너지가 넘친다. 학교에서 주어진 일도 스스럼없이 해낸다. 그러다 보면 정말 학교에서 자신이 최고라는 생각이 든다. 나 또한 그랬다. '왜 저 선배님은 아이들 관리를 저렇게 하지?', '학급운영을 저렇게밖에 못하나?', '현장체험학습 계획이 왜 이렇게 엉성하지?' 등 자기 눈 속의 들보는 보지 못하고 다른 선생님들에게서 티끌을 찾아내기 바빴다.

그렇게 의기양양하던 때 나에게 청천벽력과 같은 일이 일어났다. 담임 교체 사건이다. 있어서는 안 될 일이었다. 보통 학교는 매년 2월에 새 학기를 준비한다. 학급을 맡을 담임교사를 정하고 학교의 일들을 나누는 업무배정을 한다. 나는 이미 작년에 가르쳤던 아이들을 그대로 데리고 진급하는 것으로 결정이 났다. 그런데 그 다음 날 교감선생님이 나를 교무실로 호출하셨다.

"이 선생, 다른 학급을 맡아야겠어!"
"네?"
"민원이 들어왔어. 학부모 한 분이 교육청에 민원을 넣은 모양이야."
"네…."

학부모 한 분께서 내가 당신의 자녀를 맡으면 안 된다고 강력히 항의하신 것이다. 새 학기를 며칠 안 남기고 일어난 일이었다. 모든 학부모에게 인정을 받을 수야 없지만 그렇다고 특정 학부모의 의견 때문에 배정된 학급이 교체되어야 한다고 생각하니 화까지 났다. 모양새가 학부모 민원에 의해 교체된 거라 정말 부끄러웠다. 하늘 높은 줄 모르고 방방

뛰던 내가 하루아침에 추락한 셈이다. 주변에서 선생님들이 나를 위로 해주셨지만 마음에 전혀 와닿지 않았다. '작년 한 해 아이들을 데리고 자발적으로 학급 야영도 추진했는데…', '누구보다도 학부모들이 잘 알 텐데…', '아니! 대체 누구지? 불만이 있으면 직접 전화하면 될 것을 비겁하게 교육청에 전화를 넣어?' 이런저런 생각에 한숨만 나왔다. 이미 엎질러진 물이라 주워 담을 수도 없었다. 이제 며칠 뒤면 아이들을 만나는데 마른하늘에 날벼락이었다. 학급이 교체되고 많은 생각이 들었다. 내가 너무 자만했다는 생각들. 같은 학년에도 여러 학급이 있고 다른 선생님과도 보조를 맞추며 지혜롭게 학급을 운영해야 하는데 독불장군처럼 내 맘대로 톡톡 튀며 한 적이 많았다. 그날 학급이 교체되었던 사건은 겸손이라는 낱말을 가슴에 새기는 계기가 되었다.

왕따는 교사에게도 트라우마

오늘날에는 학교 안팎에서 학생을 대상으로 이뤄지는 폭력을 '학교폭력예방 및 대책에 관한 법률'에 의하여 처리하고 있다. 하지만 내가 6학년 부장 겸 담임교사을 맡았던 시기에는 아직 이 법이 없었다. 졸업식을 몇 주 앞둔 오후, 옆 반 아이의 할머니께서 전화를 걸어오셨다. ○○네 할머니라고 스스로를 소개한 그분은 ○○이가 따돌림을 당한다고 하셨다. 우리 반 아이를 포함해 6학년 아이들 여럿에게 따돌림을 당한다는 내용이었다. 자초지종을 살펴보고 밤에 할머니 집을 직접 찾아갔다. 할머니께서는 ○○이가 중학교에 가서 친구들과 싸우지 않고 잘 지내길

바란다고 하셨다. 그렇게 지낼 수 있도록 남은 기간 동안 6학년 선생님 들과 노력하겠다고 말씀드렸다.

그런데 며칠이 지나고 나서 할머니가 다른 것을 요구하셨다. 손녀가 정신적 피해를 당했으니 합의금 200만 원을 달라는 거였다. 학교도 난 감했다. 6학년 선생님들과 의견을 나눈 뒤 변호사를 찾아갔다. 결국 6학 년 선생님들이 자비로 합의금 200만 원을 모아 할머니께 드렸다. 그 뒤 할머니께서는 다른 것을 더 요구하지 않았다.

사실 이것보다 더 속상했던 일은 따로 있다. 따돌림의 가해자 중 한 명의 부모가 대뜸 자기네 아이는 그런 적이 없으니 자기 아이를 거론하 지 말라고 강력히 요구한 일이었다. 다른 사람도 아닌 바로 우리 반 아 이의 학부모였다. 자녀에게 피해가 갈 것 같으니 미연에 차단하고자 했 던 것 같다. 순간 배신감이 몰려왔다. 담임교사와 학부모의 관계가 졸지 에 생면부지의 관계로 바뀐 것이다. 그것도 졸업식을 며칠 안 남기고 말 이다. 교직에 대한 회의마저 들었다. 학부모라는 존재 자체에 트라우마 마저 생겼다. 담임교사가 수행하는 생활 지도의 범위는 어디까지일까? 학교 밖에서 일어난 동급생 간의 다툼과 따돌림을 담임이라는 이유만으 로 책임져야 하나? 성장기에 있는 학생들이 잠깐 일탈할 수도 있지 않은 가? 그것을 마치 담임교사의 잘못된 교육 탓으로 바라보는 외부의 시선 은 혼자 감당하기가 쉽지 않다.

이 사건을 처리하는 한 달 동안 정말 입술이 바싹바싹 타들어갔고, 그 기억은 지금도 떠오른다. 지금은 이런 일들이 일어나면 지체 없이 신고 하고 학교폭력법에 따라 상급 기관에 심의를 맡긴다. 교사가 아니었다 면 상처받지도 않았을 일이다. 교사의 책무란 정말로 끝이 없는 것 같다는 생각이 들었다.

저는 술을 마시지 않습니다!

술 때문에 참 많이 고생했다. 신규 교사 때부터 가는 학교마다 그놈의 술 때문에 늘 신경이 쓰였다. 사실 술 잘 마시는 것과 업무 능력은 관계가 없다. 굳이 관련성을 엮자면 직장 동료 간의 친화력, 인간관계 따위를 들 수 있지 않을까. 교사를 시작하면서 가장 신경이 많이 갔던 것은 다름 아닌 술 문제였다. 나는 대학 때부터 술을 마시지 않았다. 어렸을 적 동네에서 술에 취해 난동을 부리는 어른을 많이 봤고, 술 때문에 폭력을 당하는 경우도 직접 목격했기 때문이다. 그래서 어른이 되어도 절대 술은 마시지 말아야겠다고 다짐했다. 서열 관계로 따지면 대한민국에서 제일 엄격한 직장인 군대에서도 엄청난 핍박을 받으면서까지 주는 술을 마시지 않았다. 역시 돌아오는 것은 부정적인 평가였다. '버르장머리 없는 놈이다', '자기밖에 모르는 이기적인 녀석이다' 등 술을 안 마셨다고 인격마저 무시당했다. 전역하고 교사로 발령을 받았을 때 학교는 좀 다를 거라 생각했지만 술로 사람을 평가하는 것은 학교도 다를 바 없었다. 젊은 남자 교사가 발령됐다고 좋아하던 선배 교사들은 첫 회식 자리에서 실망감을 감추지 못했다.

"아직 이 선생이 젊어서 그러는가 본데 술을 마시지 못하면 안 되는 거야."

나는 술을 마실 줄 모르는 것이 아니라 안 마시는 것이다. 술을 마시는 유익보다 안 마시는 유익이 더 크다고 생각했기에 나의 가치관을 포기하고 싶지 않았다. 아이들 앞에 서는 교사라면 최대한 술 마시는 것을 절제해야 한다고 생각했다. 평상시에도 수업을 하다 보면 체력이 부족할 지경이다. 만약 전날에 술까지 마신다면 정상적으로 아이들과 활동할 수 있을지 의문이었다. 내 자녀를 맡은 교사가 술에 취한 채 교실에 들어온다고 생각해보라. 마찬가지다. 내가 맡은 학급의 아이들을 내 자녀라고 생각한다면 당연히 최상의 컨디션으로 만나야 하지 않을까. 교사에게는 작은 생활 습관 하나가 아이들에게는 커다란 영향을 끼칠 수 있다.

"이 선생, 내가 자네를 아껴서 해주는 말인데 술 마시지 않고서는 승진하기가 쉽지 않아."

술은 여전히 학교에서 견고한 지위를 차지하고 있는 것 같다. 나는 술 때문에 고민하는 선생님들의 든든한 울타리가 되어주고 싶었다. 나중에 교감이 되면 술을 권하지도 않고 술자리도 만들지 않겠다고 결심했다. 지금은 강제로 술을 권하는 문화가 사라졌다. 진즉에 사라졌어야 할 문화라고 생각한다.

저도 결혼했어요…

나의 꿈 중 하나가 일찍 결혼해서 가정을 이루는 것이었다. 나는 아버지 없이 자랐다. 어머니께서는 아들 하나만 바라보며 살아오셨다. 명절이면 특히 외로웠다. 갈 곳이 없었다. 만날 친척도 없었다. 어머니와 나, 단둘이서 명절을 처량하게 보내야 했다. 그러다 보니 결혼만큼은 일찍해서 남부럽지 않게 보란 듯이 살고 싶었다. 시골로 첫 발령을 받으며 셋방에서 살던 어머니를 학교 관사로 모셨다. 다른 선생님들에게 관사는 주중에 잠깐 머무르는 곳이었지만 어머니와 나에게는 주민등록등본에 적힌 거주지였다. 이렇게 홀어머니를 모시고 첫 직장생활을 했다.

시골 작은 학교에 총각 교사가 왔다는 소문이 퍼졌는지 주변의 학교 선생님들께서 누구누구와 만나보라며 다리를 놓아주셨다. 거절할 이유가 없었다. 기쁜 마음으로 만남을 가졌다. 이후 몇 차례 만남을 이어가면서 상대에 대한 호감을 쌓고 대화도 깊어졌다. 그런데 나의 가난한 환경, 홀어머니에 외아들이라는 어찌할 수 없는 조건을 알게 된 상대 여성이 고개를 절레절레 흔들었다. 만남은 딱 거기까지였다. 이후 몇 번의 만남이 있었지만 대부분 조건을 따졌다. 초등교사란 직업 말고도 플러스알파를 원했다. 내가 어찌할 수 없는 부분이었기에 체념할 수밖에 없었다. 이러다가 장가도 못 가는 것이 아닌가 싶었다.

그러던 어느 날, 신임 여자 선생님이 시골 학교로 부임해오셨다(지금은 인사제도 규칙에 따라 신임 여자 선생님을 시골 학교로 발령하지 않는다). 그 선생님의 부모님들께서는 딸이 걱정되었는지 자주 관사로 오셨다. 그러다가 자연스레 옆 관사에서 어머니를 모시고 사는 총각 교사에 대해서도 알게 된 모양이다. 어느 날, 그 선생님의 아버지께서 조용히 부르셨다.

"이 선생님, 한 가지 이야기할 것이 있어요."
"네? 말씀하십시오."
"다름이 아니라 노파심에 하는 얘기니 오해하지 말고 들어요."
"…."
"우리 딸을 이성으로 보지 말고 그냥 후배 교사라고만 생각하세요. 무슨 말인지 알겠죠?"
"아, 네. 무슨 말씀인지 알겠습니다."

순간 얼굴이 뜨거워졌다. 그분께서는 선배 교사인 내가 철없는 딸을 어떻게 할까 봐 염려했던 것이다. 홀어머니를 모시고 사는 외아들에게 시집가면 고생길이 훤하다는 건 누구나 예상할 수 있었으니까. 그런데 참 얄궂게도 3년 동안 한 학교에서 근무하다 보니 나와 여자 선생님은 그만 서로 장래를 약속하는 사이가 되어버렸다. 결혼을 승낙받기 위해 자주 인사를 드리러 갔지만 냉랭한 분위기는 좀처럼 변하지 않았다. 그러던 어느 날 결정적인 반전이 일어났다.

"아버님! 저기 벽에 걸린 표창장이 무엇입니까?"
"음. 그것 말인가. 베트남 전쟁 다녀와서 받은 걸세."
"그렇습니까! 아버님. 저도 무장공비 침투사건에 투입된 적이 있습니다."
"뭐라고? 정말인가?"

"네. 그렇습니다. 제가 이래봬도 ROTC 특수부대 장교 출신 아닙니까. 충성!"

그날 저녁 아버님과 밤새도록 군대 얘기를 하면서 결혼 승낙을 받아 냈다. 군대를 안 다녀왔으면 아마 장가도 못 갔을 것이다.

젊은 교사들도 학교생활에 익숙해지면 배우자를 찾을 마음의 여유를 갖게 된다. 사람마다 배우자를 고르는 눈높이가 다르겠지만 가능하다면 가까운 곳에서 찾을 것을 권한다. 같은 직종이면 더욱 좋을 것 같다. 하는 일이 같으니 서로에게 큰 힘이 되어줄 수 있다. 처음부터 자신이 생각하는 모든 조건을 갖춘 완벽한 사람을 찾으려고 하면 죽을 때까지 못 만난다.

이 또한 지나가리라

생각지도 못하게 아이 셋을 낳았다. 부부 교사인 우리는 애들이 클 때까지 하루하루가 전쟁이었다. 한 놈이 감기에 걸리면 다른 두 놈도 어김없이 감기에 걸렸다. 퇴근한 뒤 세 녀석을 데리고 병원에 다녀오는 날이면 파김치가 되었다. 의사 선생님이 아이 셋의 이름을 다 외울 정도로 병원을 자주 들락거렸다. 세 아이가 모두 어렸을 때 어린이집을 선택하는 기준은 딱 하나였다. 아이들을 아침 일찍 받아서 늦게까지 돌봐주는 곳이어야 했다. 아이들 키우는 동안에는 아내도 나도 아파서는 안 됐다. 지금 생각해도 그때 우리 부부는 철인이었던 것 같다. 아이들이 어느 정도 크면 걱정할 게 없을 줄 알았지만 학교 갈 나이가 되어도 손이 많이 갔다.

아내와 내가 먼 거리를 출퇴근하던 때였다. 각각 근무하는 학교가 달랐기에 따로 다녔다. 주로 소속 학교 선생님들과 서너 명씩 팀을 구성해서 카풀을 했다. 아내와 나는 출근하는 시간을 맞추기 위해 아이들보다 먼저 집을 나갔다. 그러다 보니 출근하는 중간에 아이들이 울면서 전화를 할 때가 많았다.

"아빠, 어디야. 동생이 학교 가기 싫어해. 바닥에 누워서 떼 부려."
"동생 바꿔봐. 학교 가야지. 얼른 일어나."

출근하는 차 안에서 학교 가기 싫다고 우는 애들 목소리를 들으면 마음 한구석이 망치를 맞은 것처럼 아팠다. 그렇다고 출근하지 않을 수도 없고. 전화를 끊으면 계속 전화벨이 울린다. 이 또한 지나가리라는 심정으로 참는 것밖에 다른 방법이 없었다. 교사이기 이전에 부모다. 그런데 교사이다 보니 내 자녀를 못 챙길 때가 많았다. 세 자녀를 키우면서 한 번도 입학식에 가본 적이 없었다. 담임교사라서 내 교실을 비울 수 없었기 때문이다. 우리 집 앨범에는 자녀와 함께 찍은 입학식 사진이 없다. 입학식뿐이겠는가. 운동회도 마찬가지다. 내 수업을 빼먹고 자녀 운동회에 가겠다고 말씀드리기가 어려웠다. 운동회 날이면 아파트 옆집 아주머니께 부탁드리곤 했다.

"아주머니, 죄송하지만 저희 애들 점심 좀 챙겨주세요."

이웃집을 잘 알아두어야 했다. 이렇게 애들을 키우고 보니 어린 자녀를 키우는 선생님들의 마음을 누구보다도 잘 이해할 수 있게 되었다. 자녀 때문에 급하게 조퇴를 낸다고 하면 묻지도 따지지도 않는다. 가정이 평안해야 학교에서 맘 편하게 아이들을 가르칠 수 있다. 불안하고 염려가 되면 일이 손에 잡히지 않는다. 자녀들이 어릴 때는 부모의 손길이 많이 필요하다. 아이 셋을 키우는 동안 출근하는 아침 시간의 1분 1분이 금쪽같았기에 이제는 선생님들이 아침에 좀 늦더라도 눈을 딱 감아버린다. '애들 챙기느라 바빴겠지'라는 생각을 하며 왜 늦었냐고 묻지도 않는다. 헐레벌떡 학교로 들어오는 선생님의 모습만 보더라도 아침에 집에서 무슨 일이 있었는지 머릿속에 그려진다. 선생님들은 퇴근해도 퇴근한 게 아니다. 육아와 가사가 기다리고 있다. 애들 씻겨야지, 아프면 병원에 데려가야지, 밥해 먹여야지. 밥이 목구멍으로 들어가는지 콧구멍으로 들어가는지 무슨 맛인지 음미할 틈도 없이 저녁 시간을 보낸다. 젊은 선생님들, 조금만 참으셔요. 이 또한 지나갈 거예요!

내가 할 수 있는 일이라면

뜬금없을지 모르지만 교직 생활을 하던 중 골프장을 만든 적이 있다. 더 많은 학생을 모으기 위함이었다. 23년 교직 생활 중 가장 특이하다고 해야 할 이 작업 덕분에 함께하는 교직원뿐 아니라 학부모님들, 마을 분들로부터 과분한 칭찬을 받았다. 물론 이것 모두 마음을 모아 재능을 발휘해준 여러 지인이 있었기에 가능했던 일이다. 아마도 남이 시킨 일이라면 뒤도 돌아보지 않고 떠났을 것이다. 그저 학부모의 관심을 모으고 학생들이 즐거워할 수 있는 학교를 만들자는 생각에 무모한 짓을 벌였다. 작은 학교 아이들에게도 골프의 기본기를 가르칠 수 있다면 야외 골프장을 짓는 수고로움쯤, 얼마든지 감수할 수 있었다.

"이 부장님, 학생이 점점 줄어들고 있는데 학생들을 찾아오게 할 방법이 없을까요?"

"제가 생각하기로는 다른 학교에서 하지 않는 것을 해야 될 것 같아요. 골프 프로그램을 개설하면 어떨까요?"

"골프를 가르치려면 골프장이 있어야 하는데 우리 주변에는 그런 시설이 없잖아요?"

"교장선생님, 그러면 직접 지어보는 것은 어떨까요?"

"누가요? 골프장을 직접 만든다고요?"

"한번 지어볼게요. 재능을 기부해주실 분들을 알고 있으니 재료만 학교에서 사주십시오."

"그게 가능하답니까?"

"5~6타석 정도 크기면 충분히 가능할 것 같습니다."

"시간도 꽤 많이 걸릴 텐데요. 괜찮을까요?"

이렇게 내가 먼저 제안해서 야외 골프장을 짓기 시작했다. 재능을 기부해준 지인들과 함께했기에 가능했다. 안 가본 고물상과 철물점이 없을 정도로 발품을 팔아 필요한 재료를 직접 공수했다. 주중에는 퇴근 뒤에, 주말에는 토요일에 시간을 내어 뚝딱뚝딱 아이들을 위한 골프장을 만들었다. 체력적으로, 시간적으로 온전히 내 것을 내어놓아야 하는 과정이었다. 누군가는 이렇게 말할지도 모르겠다. '아니, 평생 그 학교에 있을 것도 아닌데 힘들게 해놓는다고 누가 알아주겠어?' 맞는 말이다. 보상을 바라서, 또는 누군가의 기대가 있어서였다면 애초에 이런 일은 시도하지도 않았을 것이다. 그러나 내가 근무하는 학교의 어려움을 그냥 지나칠 수 없었고, 아이들을 위한다고 생각하니 시간과 노력을 들이는 것도 큰 낭비라고 생각되지 않았다.

그렇게 골프장을 완성하니 인근 학교에서도 사용하러 왔다. 지금은 그 학교를 떠났지만 이따금 홈페이지를 통해 아직도 그곳 아이들이 골프 프로그램에 참여한다는 소식을 보게 되면 마음이 뿌듯하다.

골프장을 짓고 다음 학교로 근무지를 옮겼을 때였다. 새로 부임하신 교장선생님께서 학교 시설을 둘러보시더니 창고로 사용하는 장소가 그냥 방치된 것이 너무 안타깝다는 이야기를 툭 던지셨다. 나도 모르게 교장선생님께 대담한 제안을 했다. 전 학교에서 다들 불가능하다고 입을 모았던 일을 이미 해냈기에 간이 배 밖으로 나왔던 것 같다.

"교장선생님, 창고를 일단 싹 치워볼까요?"

다음 날 엄청난 양의 쓰레기를 내다버렸다. 재활용 쓰레기차를 세 대나 불러야 했을 정도다. 오랫동안 쌓아두고 사용하지 않은 물건이 이렇게 많을 줄 몰랐다. 밖으로 꺼내놓고 보니 어마어마했다.

"교장선생님, 이번엔 창고를 카페 겸 상담실로 꾸며보면 어떨까요?"

"이 부장님, 학교 예산이 없는데…."

"큰돈 필요 없고요, 이 방면에 재능을 가지신 분을 알고 있는데 기부를 받아볼까 합니다."

"가능할까요? 요즘 세상에 아무런 대가도 바라지 않고 재능을 기부해주실 분이 있을까요?"

"교장선생님, 그런 분이 있습니다. 저를 믿어주십시오. 필요한 재료만 학교에서 구입해주십시오."

재능을 기부해주실 분과 함께 퇴근 뒤부터 밤 10시까지 한 달 동안 꼬박 창고를 개조하는 리모델링 작업을 했다. 공사를 할 때 교직원들의 전폭적인 지원만 있었던 것은 아니다. 많이 불편해하시는 분들도 있었다. 거들어주지 못해 미안해하시는 분들, 약간의 시기와 질투를 보이시는 분들이 있어 속상하기도 했지만 결국 교직원들과 아이들을 위한 공간이 만들어지는 일이기에 시간이 지나면 좋은 쪽으로 생각해줄 거라 믿었다. 정식으로 개소식을 한 후 그 공간이 다양한 용도로 사용되는 모습을 보며 학교를 떠났다. 이처럼 잠깐 머무는 학교라도 나의 손길이 닿은 곳은 늘 마음속에 정겨움으로 남게 된다. 선생님들이 아직 드러내지 않은 힘을 꺼내보시라!

마라톤 선수처럼
삽니다!

나에게는 생활신조가 있다. 처음 학급 담임을 맡았을 때의 학급운영 철학이자 내 삶의 큰 방향이기도 하다.

"군사처럼, 농부처럼, 경기하는 자와 같이!"

사실 나는 20대까지 아마추어 마라톤 선수처럼 잘 뛰었다. 학교에 근무하면서도 마을에서 선수로 뛰어달라는 요청이 들어오면 교장선생님의 허락을 받아 대회에 출전했다. 마을을 위한 일이 곧 학교의 일이기에 헝그리 정신으로 이 한 몸 다 바쳐 열심히 뛰었다.

마라톤 경기는 다른 경기에 비해 긴 시간이 필요하다. 자기와의 싸움이다. 물론 다른 선수들과 함께 뛰지만 호흡을 조절하고 체력을 안배하는 일, 어디에서 승부를 걸어야 할지는 선수 본인이 결정한다. 마라톤 경기에서는 선수들의 안전을 위해 경찰차가 맨 앞에서 천천히 움직인다. 나는 거의 대부분 경찰차 뒤를 바짝 따라붙었다. 그 정도로 선두의 자리를 뺏긴 적이 없었다. 뛰다 보면 길거리의 사람들이 박수를 보내오는 모습을 보게 된다. 특히 기억에 남는 이색적인 박수갈채는 다방 아가씨들이 창문을 열고 열화와 같은 목소리로 응원해준 장면이다. 목구멍까지 숨이 차오르는 순간에도 박수갈채를 받으면 죽기 아니면 까무러치자는 심정으로 목표 지점까지 젖 먹던 힘까지 발휘해서 뛰었다. 이게 마라톤 경기의 묘미다.

우리 인생의 삶도 마찬가지 아닐까. 교사의 삶도 그렇다. 마라톤 선수처럼 끝까지 완주하자는 심정으로 맡겨진 역할을 묵묵히 감당하는 모습이 진정 아름다운 모습이 아닐까 싶다. 보통 시골 마을에 발령을 받고 가면 몇 년도 안 되어 전근을 가기 때문에 마을 사람들이 갖는 교사의 이미지가 썩 좋지만은 않다. 마을 사람들이 보기에는 이방인인 것이다. 나는 어머니와 함께 직접 살림하며 살았고 마라톤 경기처럼 마을의 일이라면 물불을 가리지 않고 참가했다. 내가 마을 주민들에게 인정을 받기 시작했던 것도 마라톤 덕분이었다. 그렇게 20대 젊은 시절을 작은 산골 마을에서 보내면서 매년 마라톤 대회에 출전했다. 1등을 네 번 했고, 마을을 대표하여 군민 체육대회에서도 우수한 성적을 냈다. 나의 생활을 뒤돌아보니 마라톤 경기에 임하는 선수처럼 생활하고 있는 모습을 발견하게 된다.

군사처럼, 농부처럼, 경기하는 자와 같이. 군인, 농부, 운동선수의 공통점은 무엇일까? 자신이 하는 일을 사랑한다는 점이다. 군인에게 나라를 사랑하는 마음이 없다면 어떨까? 전쟁이 일어나도 나부터 살자고 도망갈 게 뻔하다. 농부에게 농작물을 사랑하는 마음이 없다면 어떨까? 수확은 고사하고 씨라도 제대로 뿌릴 수 있을까 싶다. 운동선수에게 경기를 사랑하는 마음이 없다면 어떨까? 좋은 결과를 바라기는 어려울 것이다.

교사에게 아이들을 사랑하는 마음이 없다면? 교감에게 선생님들을 사랑하는 마음이 없다면? 답은 명확하다. 불행한 삶을 살고 있는 거다. 사랑하지 않는데 어떻게 열정을 발휘할 수 있겠는가. 억지로 하는 일인데 무슨 기쁨이 있겠는가. 아이들이 사랑스럽기에 하나라도 더 주고 잘 가르치고 싶어진다. 나 또한 교감으로서 선생님들을 사랑하기에 더 잘 해드리고 싶고 섬기고 싶어진다. 나에게 있는 사랑의 원천이 무엇일까? 체구가 왜소한 나에게 거대한 사랑의 힘은 어디로부터 나올까? 우리 모두 각자 사랑의 원천을 찾아야 한다. 마르지 않는 사랑의 원천을 소유할 때 비로소 사랑을 실천할 수 있다.

돈에 있어서는
바보입니다!

남들은 부부 교사인 우리를 보고 걸어 다니는 중소기업이라고 말한다. 정말 그럴까? 아내와 나는 씀씀이에 있어서는 공통된 가치관을 가지고 있다. 첫 번째, 우리의 돈은 우리의 것이 아니다. 두 번째, 우리가 쓰고 남은 돈으로 선행을 베푸는 것이 아니라 선행을 베풀고 남은 돈으로 사는 것이다.

나는 결혼과 동시에 모든 통장에서 손을 뗐다. 아내가 우리 집의 창고지기다. 매달 17일이면 통장에 월급이 들어온다. 여기에서 자동이체로 빠져나가는 금액들이 고정적으로 있다. 대학생선교단체를 후원하는 이 사회, 해외 선교사님들, 지역아동센터, 좋은교사운동, 교회 등 적지 않은 금액이 인출되어 사라진다. 매년 연말정산 때 기부금을 확인하면 1,000만 원이 훌쩍 넘는다. 남들은 이렇게 말한다. 우리가 결혼 19년 차이니

이 돈만 모았어도 시골에 아파트 한 채는 샀을 거라고. 우리 부부는 후회하지 않는다. 앞으로도 마찬가지다. 설령 풍족히 누리지 못하더라도 가치 있는 곳에 돈을 쓰고 싶다. 직장인들에게 월급은 한 달의 삶이 담긴 결과물이다. 월급은 곧 인생 그 자체다. 나의 인생과도 같은 월급의 일부분을 떼어 기부할 수 있다니 이 얼마나 가치 있는 일인가!

우리 아이들이 어렸을 때에는 엄마 아빠가 가난한 줄 알았단다. 남들처럼 외식을 자주 한 것도 아니고 그렇다고 좋은 자동차가 있는 것도 아니었으니까. 아내와 나는 2018년까지 경차를 몰았다. 부부 교사치고는 정말 검소했다. 우리 집에 돈이 없는 줄 알았는지 큰아이는 대학을 안 간다고 했다. 고등학교 나와서 바로 취업할 거라며 직업계 고등학교를 스스로 찾아다녔다. 진학 설명회에도 쫓아다닐 정도로 열심이었다. 아내와 나는 몇 번이고 말리고 회유했는데 먹히지 않았다. 기숙형 직업계 고등학교로 큰 아이가 진학했을 때 주변에서는 의외라는 반응이었다. 그래도 엄마 아빠가 교사인데 적어도 대학은 보내야 하는 거 아니냐고. 부모의 체면이 아니라 아이의 의견을 존중해주고 싶었다. 결국 큰아이는 자신의 뜻대로 진학을 했고 지금 학교를 잘 다니고 있다.

3장

불편한 교감

애들은 안 가르치고
점수만 쌓았나?

교감 자격연수 중이었다. 쉬는 시간에 강의실 밖으로 나왔다가 우연히 친구를 만났다. 다른 연수에 강사로 온 친구였다.

"창수야, 반갑다. 이 시간에 어떻게 여기에 왔냐?"

"어… 연수받으러 왔어."

반갑다며 다가오는 친구가 하는 질문에 돋친 가시가 느껴졌다. 교감 자격연수 왔다고 자신 있게 대답할 수도 있었는데 내 목소리에는 힘이 하나도 없었다. 나도 모르게 숨기고 싶은 마음이 있었나 보다.

"무슨 연수?"

"어… 교감 자격연수."

"뭐? 야, 너. 애들은 안 가르치고 승진하려고 점수만 쌓았구나?"

"으응? 무슨 소리야….'

친구는 우스갯소리로 한 말일 수 있지만 내 귀엔 그 말에서 뼈가 느껴졌다. 연수 내내 마음이 불편했다. 친구가 던진 말 한마디에 머릿속이 복잡해졌다.

교감이 되려면 최소 20년의 근무 경력이 있어야 한다. 여러 가지 가산점도 따놓아야 한다. 친구 말대로 점수를 차곡차곡 쌓아야 한다. 특히 '벽지' 점수가 중요하다. 도시에서 멀리 떨어진, 교통 불편하고 문화적으로 척박한 벽지 근무 경력이 10년 이상 돼야 한다. 강원도라는 지역 자체가 근무 환경이 열악하다는 것은 모두가 인정하는 사실이다. 그런 지역에서도 벽지라면 말 그대로 첩첩산중이다. 벽지에 근무하는 교사는 가족의 곁을 떠나 관사에서 혼자 지내거나 장거리 통근을 한다. 불편함을 감수하는 대신 벽지 근무 가산점을 얻는다. 연구학교 경력, 보직교사 경력, 특수학급 경력 등 명부 작성권자가 인정하는 다른 가산점도 있다. 경력과 근무성적, 연수성적에 가산점을 집계한 성적에 따라 그해 교감 자격연수 대상자 선발을 위한 면접 대상자가 선정된다. 면접고사 대상자 명단에 올랐다고 교감 자격연수 대상자가 되는 것도 아니다. 그중에서 또 추려낸다.

교육부 지침을 보면, 교감 자격연수 대상자 선발을 위한 면접고사는 형식적인 절차로 운영되어서는 안 되고, 부적격자가 선정되지 않도록 다양한 검증 절차를 거쳐야 한다고 명시되어 있다. 금품과 향응을 제공받거나 학생 상습폭행, 성 관련 비위, 성적 조작으로 징계를 받은 자는 부적격자로 제외된다. 함께 근무한 동료 교원과 교육행정 직원들로부터 온라인 평가를 통해 다양한 검증 절차 과정을 거친다. 최근 10년 동안 함께 일한 교원, 교육행정 직원의 평가에 역량 평가가 더해진다. 역량

평가는 면접고사 당일 하루 만에 이루어진다. 교육과정 운영 지원 역량, 학생 생활교육 역량, 교육 정책에 대한 이해, 교육철학을 맥락으로 한 실천 경험과 해결 전략, 학교의 문제적 상황에 대한 대처 역량인 갈등관리 능력, 토의토론 능력, 의사소통 능력, 문제해결 능력을 검증받는다. 그뿐인가. 교직관과 교육철학, 교육관에 대한 면접관의 질문에 막힘없이 답해야 한다. 이렇게 엄격한 절차를 두는 까닭은 교감이 될 사람의 역량과 자질을 철저히 검증하여 공정하고 실효성 있게 평가하기 위함이다. 특히 요즘은 시대의 화두인 민주적 학교 문화를 이끌 능력에 무게를 두고 검증한다. 강원도는 매년 이런 과정을 거쳐 40명 안팎의 후보자에게 교감 자격을 부여하고 있다.

이러한 현행의 인사제도가 문제점이 없다고 할 수는 없다. 경력 중심의 승진제도가 시작된 것은 1953년에 교육공무원법이 제정되면서부터였으니 시대의 흐름에 한참 뒤처진 게 아니냐는 주장이 나올 법하다. 능력 중심의 제도로 바뀌어야 한다는 주장도 당연하다. 권위적이고 비민주적인 현행 승진제로는 교감의 직무 역량을 제대로 검증할 수 없다. 독일이나 미국의 교사들은 선뜻 교장이나 교감으로 올라가려 하지 않는다고 한다. 막중한 책임감이 따르는 그 역할을 달갑게 여기지 않기 때문이다. 그들에게 교장이나 교감은 '높은 자리'가 아니라 '힘든 역할'이다. 능력과 열정이 있다면 교사 1년 차라도 교장이 될 수 있지만 웬만한 경력의 교사들은 아예 도전할 생각을 않는단다. 우리나라도 일찌감치 승진에 대한 마음을 접고 교실에서 아이들과 수업하다가 정년을 맞길 원하는 교사들이 많아졌다.

'소환된 미래'라고 불리는 팬데믹 상황이 기존의 제도와 상식을 더 빠르게 바꾸고 있다. 재택근무와 비대면 원격 수업이 특별할 것 없는 일상이 되었지만 그 전에는 상상만 하던 것이 아니었나? 연공서열 중심의 인사제도 안에서 숨죽이던 젊은 교사들이 현장의 리더로 급부상했다. 디지털 환경에 빠르게 적응하고 사고가 유연한 젊은 교사들이 급변하는 시대의 학교를 활기차게 이끌 것이다. 인사제도 안에서 그에 발맞춘 보상이 이루어져야 하는 것도 당연하다. 안 그래도 2020년부터 초등1정 자격연수의 평가 방법이 절대평가로 바뀌었는데, 이렇게 바뀌는 데도 참 오래 걸렸다. 곧 승진, 전보, 평가, 임용 등 교원 정책 전반에 급격한 변화가 따를 것이다. 그런데 아직도 내 마음 한구석에 불편한 마음이 남아 있다. 왜일까? 다른 사람들은 몰라도 나를 아는 사람들은 다 안다. 내가 왜 불편해하는지….

나는 1998년 9월 1일자로 강원도 홍천군 내면 운두초등학교에 발령받았다. 군 복무를 마친 직후였다. 강원도 평창군의 용평면과 홍천군 내면의 경계에 있는, 해발 1,089미터 운두령 기슭에 자리한 마을에는 버스가 하루에 두 번 다녀갔다. 그해 9월, 강릉 지역에 침투한 무장 공비들이 북으로 도주할 때 이 마을이 통로가 되었다. 부엌 한 켠에 소를 키우고 아궁이에 장작불을 때는 깡촌 아이들은 해가 져야 집으로 갔다. 집에 가봐야 딱히 할 일이 없었기 때문이다. 학교 교육 외에는 다른 문화적 경험을 할 데가 없다. 휴일에도 아이들은 학교 운동장에 와서 논다. 당시 학교 관사에서 생활한 나는 휴일도 아이들과 오롯이 함께했다. 나는 결혼할 때 잠시 강릉으로 내려왔다가 곧 지역 만기가 되어 평창으로 옮겼다. 벽지에도 아이들이 있기 때문에 누군가는 가야 한다. 가산점이라는 인센티브가 아니라면 모두가 마다할 것이다. 가더라도 1년만 지나면 떠나려 할 테고, 벽지 아이들은 매번 선생님이 바뀔 것이다. 내가 말하고 싶은 건 벽지에 근무하는 교사를 점수만 생각하는 사람으로 여겨서는 안 된다는 거다. 설령 승진 점수를 위해 벽지 근무를 자처하는 경우라 해도 교육자의 열정이 다른 건 아니다. 현 인사제도에 변화는 필요하지만 기존의 것이라고 모두 부정되어야 하는 건 아니다. 승진에만 눈이 어두워 아이들을 소홀히 여겼다면 비판받아 마땅하겠지만.

거창고등학교를 설립한 전영창 선생님은 "사랑을 다 바쳤느냐에 인생의 성공과 행복이 달려 있다"라고 했다. 여기서 사랑을 바친다는 건 섬김을 뜻하는 말이라고 생각한다. 승진한다는 건 내가 섬겨야 할 대상이 많아진다는 것이다. 교사가 학생을 섬겨야 하듯 교감은 학생을 포함해 교직원 모두를 섬겨야 한다. 섬겨야 할 대상이 많으니 불편한 건 당연하다.

> 힘 있는 사람이 힘없는 사람을 섬기는 것, 가진 사람이 가지지 못한 사람을 섬기는 것, 도덕적 가치관이 높은 사람이 도덕적 가치관이 낮은 사람을 섬기는 것, 교육을 받은 사람이 교육을 받지 못한 사람을 섬기는 것, 신앙을 가진 사람이 신앙이 없는 사람을 섬기는 것, 그것이 섬김이다.
>
> - 강현정·전성은, 《거창고 아이들의 직업을 찾는 위대한 질문》
> 메디치미디어, 2015, 38쪽.

교감으로 내가 붙잡고 나아가야 할 방향이자 철학이다. 이런 불편함이라면 평생 짊어지는 것도 좋지 않을까? 교감 자격연수 중에 만났던 친구를 다시 만나면 이렇게 말하고 싶다. '교감이 되니 마음이 불편해. 학생과 교직원을 잘 섬겨야 하니까.'

마음이 불편할 때 읽은 책

학교 내부자들 · 박순걸 지음
에듀니티, 2018

학교의 존재 이유를 묻게 하는 책이다. 교감이 하는 일이 무엇인지 다시 생각하게 하는 책이다. 학교는 민주주의가 가장 활발히 일어나는 곳이어야 한다. 지금까지의 학교는 비민주적인 요소들이 많았다. 교사들을 순종형 직업인으로 발 묶어놓은 곳이 학교였다. 그렇게 만드는 존재가 바로 '학교 내부자들'이다.

"교감이 되면 교사의 힘듦은 기억에서 사라지는 듯하다. 교감이 되면 관리자의 삶을 대변하기보다 교사들의 삶을 대변해주고 수고로움을 나눌 줄 알아야 한다. 교장에게는 반드시 필요한 보좌진이 되고 교사에게는 반드시 있어야 하는 업무 지원자가 되어야 한다. 더 높은 지위를 탐해서 정치를 하지 말고 교사와 학생 교육을 중심에 두고 실천하는 관리자가 되어야 한다. 교사의 존재 이유는 수업이다. 교사에게 결정권을 주고 학생을 책임감 있게 마음껏 가르칠 수 있도록 지원가로서의 리더로 바뀌어나가야 한다."

교감이 교사들의 손과 발, 귀가 되려면 편하려고 해서는 안 된다. 요청이 있다면 수업도 해야 한다. 교장을 보좌하되 학생 교육과 관련한 문제에 있어서는 소신 있게 행동해야 한다. 섬기는 리더, 낮아지는 리더, 겸손한 리더, 좁은 길을 걸어가는 리더가 되어야 한다. 고독한 자리다. 그 어느 누구도 알아주지 않더라도 흔들리지 말아야 하는 자리다. 책임을 지는 자리이기도 하다. 초심을 잃지 말아야 한다. 임기가 끝나고 교사로 돌아가기를 꿈꿔야 한다. 교사의 자리가 사무치게 그립도록 하루하루 힘겨운 짐을 짊어져야 한다.

침묵은
금인가

"선생님, 6학년 담임 좀 맡아주시겠어요?"

오늘은 아침부터 분위기가 엄숙하다. 담임 배정과 업무분장을 위한 협의가 있는 날이다. 선생님들의 희망 조사는 사전에 해놓았다. 6학년은 아무도 원하지 않았다. 어떻게 해야 하나. 그렇다고 일방적으로 부탁할 것도 아니다.

"안녕하세요? 선생님들께서 제출해주신 자료를 모아 정리해보았어요. 보시다시피 6학년 담임을 맡아주실 분이 없습니다. 어떻게 하면 좋을까요?"

"……."

상황이 조급하다고 말을 많이 해서는 안 된다. 침착해야 한다. 침묵의 시간이 길게 느껴지더라도 교감이 먼저 서둘러서 말을 꺼내서는 안 된다. 선생님들 입에서 무슨 얘기라도 나오기를 기다려야 한다.

"저는 작년에도 6학년을 했기 때문에 올해는 어렵겠습니다."
"6학년 담임을 모두 기피하는데 인센티브를 주면 어떨까요?"
"신규 선생님들은 제외해야 될 것 같아요."
"올해 6학년 아이들이 만만치 않아요."

어떤 이야기가 나오든 교감은 들어주고, 들어주고, 또 들어주어야 한다. 오늘 결정이 안 되면 내일도 모이고 자꾸 모이다 보면 결국 의견이 모아질 것이다. 교감 업무가 불편한 이유는 일이 어려워서가 아니다. 이렇게 몸과 마음이 편하지 않는 경우가 생기기 때문이다.

"교감 선생님, 저는 6학년은 싫습니다."
"교감 선생님, 저는 3년 만에 복직해서 아무것도 모릅니다."
"교감 선생님, 꼭 2학년 담임을 하고 싶습니다."

선생님이 함께 모여 회의를 하지만 업무분장도 담임 배정도 모두가 만족할 만한 결과를 내기가 쉽지 않다. 누군가에게 일방적인 희생을 강요할 수도 없다. 교감은 중재를 해야 한다. 설득하기도 하지만 최대한 의견을 듣고 조율한다. 학교장의 의견도 패스할 수 없기에 여러 다양한 경우의 수를 염두하고 회의를 진행한다. 몇 날 며칠이 걸려도 해결이 안 나는 경우도 있다. 모든 회의 및 회의 결과는 공개하는 것이 원칙이다. 한 점 의혹 없는 회의가 진행된다. 교감은 학교장에게 위임된 인사권을 직접 수행하는 실무자다. '인사가 만사'라는 말처럼 학교장에게 위임된 인사권을 지혜롭게 처리해야 한다.

교감은 인사와 복무에 관한 제반 행정을 담당한다. 교원의 복무만 해도 다양한 근무 형태가 있고 지침도 수시로 바뀌기에 신경을 쓰지 않으면 실수하는 경우가 생긴다. 특히 작년부터 코로나19 관련 복무관리 요령도 제1판, 제2판 하는 식으로 한 달 단위로 수시로 바뀌어 내려온다. 등교수업 때는 코로나19 예방 및 확산 방지를 위해 한시적으로 개별 시차출퇴근도 가능하다든지 원격수업 시에는 사회적 거리두기 단계별로 재택근무 기준도 다르게 적용된다든지 하는 식이다. 코로나19 확진자인 교원과 격리 대상자 또는 감염이 의심이 되는 경우에도 다른 기준을 적용한다. 코로나19로 인한 학교 내 감염병관리위원회도 교감 업무다. 학교 내 코로나19 확진자가 발생할 경우 학생 및 교직원을 귀가시키고 원격수업 전환 관련 긴급회의를 열어 제반 사항을 체크해야 한다. 언론 대응도 해야 되고 역학 조사 브리핑도 준비해야 한다. 학교 대변인은 교감이다.

교감은 학교교권보호위원회 위원장이다. 교권보호위원회는 교원의 지위 향상 및 교육활동 보호를 위한 특별법에 의하여 학교에 의무 설치된 기구다. 교사의 교육활동에 침해가 일어났을 경우 지체 없이 학교교권보호위원회를 열어야 한다. 교육활동 침해 학생에 대한 조치뿐 아니라 피해 교원 보호와 사후 처리가 이루어지는 동안 다른 업무는 모두 마비된다. 사안 조사를 하는 가운데 일어날 수 있는 분쟁을 염두에 두고 이의제기를 할 경우에는 절차에 따라 처리해야 한다. 이런 과정을 거치고 나면 교감은 몸과 마음이 쑥대밭이 된다. 불편하다. 교육활동을 침해

한 쪽도 우리 학교 학생이고 학부모다. 피해 교원은 학교 동료다. 양쪽의 말을 다 들어야 한다.

　교감은 학교폭력전담기구 팀장이다. 말 그대로 학교폭력문제를 담당하는 기구다. 가해 및 피해 사실 여부를 확인하고 학교장에게 보고해야 한다. 교감은 학교폭력 사안을 조사하는 책임교사와 피해 및 가해학생의 신체적 · 정신적 피해 상황을 파악하는 보건교사, 학교폭력 관련 학생에 대한 심리상담 및 조언을 맡은 전문상담교사 등과 함께 접수된 학교폭력사안을 조사하는 팀장의 역할을 수행한다. 조사 단계부터 우리 학생들더러 가해자니 피해자니 하자니 불편하다. 작년부터 피해 정도가 심하지 않고 피해자가 동의하면 학교장이 학교폭력 사안을 자체 종결하는 학교자체해결제도가 도입되기는 했지만 그것을 최종적으로 판단해야 하는 것도 교감의 몫이기에 부담이 크다. 다행인 것은 회복적 차원에서 피해자와 가해자가 모두 참여하여 사건과 피해 내용을 대화로 풀어가도록 생활교육을 강조하는 조항이 추가된 점이다.

　학교폭력예방 및 대책에 관한 법률 시행령[시행2021. 3. 2.]
　제14조의3(학교의 장의 자체해결) 학교의 장은 법 제13조의2제1항에 따라 학교폭력사건을 자체적으로 해결하는 경우 피해학생과 가해학생 간에 학교폭력이 다시 발생하지 않도록 노력해야 하며, 필요한 경우에는 피해학생 · 가해학생 및 그 보호자 간의 관계 회복을 위한 프로그램을 운영할 수 있다. [신설 2020. 2. 25.]

　교감은 미세먼지 대응 담당자다. 교육부 대기오염대응 매뉴얼에 따르면 미세먼지 담당자를 학교당 1명 이상 지정하고 담당자 부재 시를 대비하여 대리근무자를 지정해야 한다. 현직 교감들은 스마트폰에 미세먼지앱을 깔아놓고 수시로 들여다본다. 우리 동네 대기 정보를 실시간으로 전해주는 알림 문자서비스를 신청하기도 한다. 미세먼지에 따라 실외수업을 단축할지 금지할지 즉시 판단하고 교직원에게 알려야 한다. 학생이 미세먼지 또는 오존 관련 기저질환(천식, 알레르기, 아토피, 호흡기질환, 심혈관질환 등)이 있는 경우에는 질병결석 인정 절차를 안내해야 한다. 아침에 눈 뜨고 제일 먼저 확인하는 것이 미세먼지 알림이다.

교감은 학교운영위원회 위원이다. 학교운영위원회는 학교운영의 자율을 높이고 지역의 실정과 특성에 맞는 다양하고도 창의적인 교육을 하도록 돕기 위한 기구다. 학교헌장과 학칙의 제정 또는 개정, 학교의 예산안과 결산, 학교교육과정의 운영방법, 교과용 도서와 교육 자료의 선정, 학교급식 등 학교 구석구석의 전반적인 살림에 대하여 자문한다. 그 중심에 교감이 있다. 교감의 몸은 하나인데 해야 하는 역할은 정말 많고 책임도 막중하다.

그 밖에 다면평가관리위원회, 교원능력개발평가위원회, 학업성적관리위원회, 개별화교육지원팀, 교무위원회 등 셀 수 없을 만큼 많은 업무가 기다린다. 교감은 결코 편한 자리가 아니다. 교감은 불편하다. 교감도 위로받기를 원한다. 따뜻한 말 한마디 건네주는 교직원을 보면 눈물겹도록 감사하다. 업무에 집중하다 보면 점점 표정 없는 사람이 된다.

업무가 불편할 때 읽은 책

조금 괴로운 당신에게 식물을 추천합니다 • 임이랑 지음
바다출판사, 2020

음악가인 저자는 식물을 통해 위로를 얻는다. 자신이 키우는 식물을 '반려식물'이라고 칭한다. 손수 키운 식물들의 성장을 세심히 관찰하고 기록한다. 책 속의 정갈한 식물 사진들도 그가 직접 찍었다. 반려식물은 정직하다. 관심을 주는 대로 쑥쑥 자란다. 등을 보이지 않는다. 사람이 내팽개치지 않는 이상 먼저 외면하지 않는다.

집집마다 식물 한 포기 없는 집이 없다. 화병에 꽂힌 꽃 한 송이, 컴퓨터 모니터 옆의 다육이, 하다 못해 상추 심은 스티로폼 상자라도 베란다에 두고 있다. 우연히 선물로 받았거나, 필요해서 가져다 놓은 것이지만 시간이 갈수록 관심과 정성을 필요로 한다. 생명이 있기에 그런 것이다.

저자는 어딜 가든 식물이 있는 곳에 들르는 습관이 있다. 제주도에 가면 여미지 식물원에 가고, 월령리 선인장 마을을 찾아간다. 때론 일부러 여행을 한다. 밀라노의 보스코 베르티칼레의 수직 정원을 보기 위해 이탈리아로 날아간다. 자신의 삶을 돌아보기 위해 찾는 발걸음이다. 분주한 도시의 삶을 내려놓고 식물들과 만난다.

누구나 처음부터 전문가일 수는 없다. 초보자로 시작했지만 사랑과 관심을 쏟다 보면 어느새 전문가의 반열에 오르게 된다. 저자도 그랬다. 식물의 특성을 알려고 노력해야 한다. 주인이 모르면 말 못하는 반려식물은 죽는 수밖에 없다.

사람 관계도 마찬가지다. 사람마다 특성이 있다. 똑같이 대했다가는 낭패를 본다. 식물도 제각각 특징이 있다. 물과 친하지 않은 식물을 습한 곳에 두면 뿌리부터 썩는다. 햇빛도 마찬가지다. 기온에 따라 식물의 생태가 다르다.

사랑과 관심을 주지 않으면 시들고 병드는 것은 생명 있는 존재라면 하나같다. 아이들과 함께하는 사람이라면 가드너의 심성을 지녀야 한다. 이파리 한 장 한 장의 빛깔을 보며 건강 상태를 체크하고 일조량과 수분 공급이 필요할 때가 언제인지 잊지 않듯이 아이도 그렇게 대해야 한다. 내버려두면 알아서 자라겠지, 생각하면 위험천만이다. 물 주고, 햇빛 비춰주고, 적당한 기온으로 맞춰 줘야 쑥쑥 자라듯이 어린 아이일수록 혼신의 힘을 기울여야 한다. 그리고 이 연약한 생명체들은 또 하나의 공통점이 있다. 자기 자신을 꽃 피우려고 무척 애를 쓴다. 아침에 눈 떴을 때 어제보다 조금 더 자란 식물의 모습은 희열을 안겨준다. 흙 속에 파묻혀 있던 씨앗이 숨을 쉬려고 조그마한 구멍을 내며 고개를 내밀 때 경이로움을 느낀다. 조그만 연두색 머리를 쏙 내밀더니 어느새 잎을 활짝 펴내는 식물의 모습에서 우리의 삶도 새로운 힘을 얻는다.

반려식물과 함께라면 삭막한 도시 속에서도 살아갈 수 있다고 저자는 말한다. 사람과의 관계가 힘들 때, 나 자신에게 실망할 때, 그럴 때 식물이 움트는 모습을 가만히 바라보라고 권한다.

교감,
민원이 불편하다!

"교감선생님, 긴히 말씀드릴 일이…."

학교에 민원을 제기하는 분들은 거의 대부분 학부모다. 학교에서는 학생을 중심으로 교직원과 학부모가 관계를 맺는다. 좋을 때는 그냥 넘어갈 일도 관계가 흐트러져 있거나 소통이 충분하지 않으면 민원이 제기된다. 사실관계와 상관없는 감정 대립으로 이어지는 경우도 있다. 자녀 문제로 불안해하는 자신의 감정 상태를 알아달라는 식이다.

"통학버스 타는 장소, 왜 안 바꿔주는 거예요?"
"입학하기 전에 말씀드렸다시피 다른 학교와 함께 이용하는 버스라서 노선 변경이 어렵습니다. 통학버스 이용이 불편하니 가까운 학교에 입학하는 것이 좋겠다고도 말씀드렸는데요."

학교 측은 사실을 말하고 있지만 학부모는 당장 자녀의 통학버스 이용에 어려움을 겪고 있으므로 팩트가 귀에 들어오지 않는다. 오히려 불난 집에 부채질한 격이 되어 감정싸움으로 번지게 된다.

그렇다면 이런 상황에서는 어떻게 답변하면 좋을까? 우선, 질문을 던진다. 얼마나 불편한지, 학부모의 상황은 어떤지, 해결책은 무엇일지 물어본다. 끝까지 듣는다. 질문하고 답을 듣는 중에 감정이 처음보다 많이 누그러진다. 경청하는 교감의 태도는 화난 마음을 가라앉힌다.

사람 사는 세상이 다 마찬가지다. 문제를 잘 풀고 싶다면 내 말을 하기 전에 상대방 말을 듣고 공감하는 것이 먼저다. 잘못된 것이 있다면 인정하고 사과하면 된다. 엎질러진 물을 어떻게 주워 담을 수 있겠는가. 다시 그런 일이 없도록 주의하겠다는 의지를 대화 속에 전달하는 것이 중요하다. 사실 관계를 따지는 것보다 진정성 있는 대화가 문제 해결의 열쇠가 된다.

평소처럼 학생 등교맞이를 하기 위하여 교문 앞에 나가 있었다. 교통안전을 지도하는 자율방범대원과 녹색어머니회 회원들에게 인사하는 중이었다. 한 교사가 교문 앞으로 급하게 뛰어오고 있었다. 교감을 보자마자 스마트폰을 내밀어 카톡 화면 창을 보여준다. 뭐지? 장문이다. 그 반 학생 학부모가 담임에게 보낸 것이다. 대개 장문 메시지는 경험상 안 좋은 내용이다. 읽어보았더니 역시나. 아침부터 민원을 접하니 머릿속이 복잡하다. 일단 교무부장에게 알리라고 하고 학생을 맞이하는데 머릿속은 온통 이 문제로 가득했다. 등교맞이를 마치고 교무실에 들어서자 교무부장이 해당 학부모와 통화 중이었다. 학부모의 상한 감정을 받아내는 중이었다. 메모지에 빼곡히 적힌 내용을 보았다. 교감이 할 일이 무엇일까? 일단 학교장에게 보고하자. 그리고 같이 해결 방법을 찾자. 사실 관계를 확인하기 위해 긴급히 회의를 소집했다.

"급식 때 거리두기 지도하시는 분께 학생이 상처를 받았다고 합니다."
"무슨 일이 있었죠?"
"학생에게 '너는 키가 작아서 코로나 걸리기 쉽겠다'라고 얘기했다고 합니다. 키 큰 학생들 틈바구니에서 비말이 튈 수 있으니 조심하라는 차원에서 한 말인데 오해가 생긴 것 같습니다."

말 한마디에서 비롯된 일이었다. 언어 감수성의 차이 때문이 아닌가 싶었다. '감수성'이란 말의 뜻을 보면 '외부 세계의 자극을 받아들이고 느끼는 성질'이라고 정의되어 있다. 언어 감수성은 내가 하는 말을 듣고 상대방이 어떻게 느낄까 스스로 점검할 수 있는 능력일 것이다. 독일의 철학자 하이데거가 "언어는 존재의 집"이라고 했듯이 우리가 쓰는 말이 곧 그 사람의 존재를 결정짓는다. 언어 감수성과 관련해서는 나도 부끄러운 기억이 많다. 사람들을 웃기려고 아무렇지도 않게 누군가를 비하했다. 1학년 담임교사는 아무래도 여자가 해야 한다는 식의 성 고정관념이 뿌리 깊은 언사도 예사로 했으며, 정규직과 비정규직을 암암리에 구분하는 말도 무심코 했다. 내 말에 누군가는 상처 받고 불쾌하지 않았을까 반성한다. 내가 하는 말이 공동체의 일상에 영향을 미친다고 생각하면 후회가 되지 않을 수 없다. 우리가 쓰는 말을 '낯설게 보기'란 생각만큼 쉽지 않다. 당연한 것처럼 통용되던 말을 하나하나 따져보면 차별과 불평등을 조장하는, 언어 감수성이 바닥인 말을 참 많이도 써왔다는 걸 알게 된다.

학교에는 많은 사람이 함께 일한다. 학생 안전과 방역을 지원하기 위한 교육활동지원인력, 방과후 프로그램 강사, 급식 관련 인력 등을 절차를 거쳐 채용한다. 면접 과정에서 해당 업무에 적합한 경력이 있는지도 보지만 언어 감수성도 필수적인 체크 항목이다. 언어 감수성이 부족한 어른 때문에 아이들이 상처 입는 일이 허다하다. 채용된 분들에 대한 소양 교육도 필요하다. 반대의 경우도 있다. 계약직으로 근무하는 분들이 학교 정직원이나 관리자에 의해 상처를 받는 일이 흔하다. 상처 주려는 의도는 아니었지만 받아들이는 사람의 입장에선 다를 수 있다. 학부모 민원을 듣고 해당 직원에게 다짜고짜 '말을 왜 그렇게 했어요? 채용 때 주의사항 알려드렸잖아요?'라고 쏘아붙인다면 어떻게 될까? 자신의 소임대로 학생들의 거리두기를 지도했을 뿐인데 학부모 말만 듣고 질책을 받는 상황이 억울할 수도 있다. 직위나 근무 형태가 다를 뿐, 윗사람 아랫사람이 따로 없는 것이 현대의 직장이다. 모든 이를 아울러야 하는 교감에게 말하는 방식, 언어 감수성은 특히 신경 쓰이는 문제다.

제니 롭슨의《수상한 아이가 전학 왔다》에는 다양한 유형의 아이들이 등장한다. 방한모를 쓴 아이가 전학 온다. 토미라는 아이다. 점심시간에도 방한모를 벗지 않는다. 방한모를 살짝 올리고 음식물만 입 속으로 쏙 밀어 넣는다. 토미는 방한모를 쓰고 다니는 이유를 누구에게도 이야기하지 않는다. 왜일까?

교실에는 평소에도 말 한마디 하지 않는 아이도 있다. 수업에 전혀 흥미가 없는 아이도 있다. 학교에는 다양한 아이들이 존재한다. 오늘 일도 그렇다. 해당 직원도 일부러 상처를 주려고 한 말이 아니었다. 그런데 학생과 학부모님은 상처를 받았다고 한다. 어떻게 해야 할까?

민원이 불편할 때 읽은 책

당신이 옳다 · 정혜신 지음
해냄, 2018

이 책에서 가장 많이 나온 말은 존재, 공감이라는 두 단어다. 자기 존재가 주목받을 때 사람은 가장 안정감을 느끼는데 폭력성은 자기 존재감을 드러내기 위한 한 방법이란다. 이 책은 상대방과 정서적인 접촉을 하기 위한 의사소통 기술을 알려준다. 일단 '당신이 옳다'며 상대 입장이 되어 '네가 그럴 때는 분명 그럴 만한 이유가 있을 거야'라고 그의 이야기를 들을 준비가 되었다는 신호를 보내는 것이다.

학교에 있다 보면 학부모, 지역주민들로부터 다양한 민원을 받는다. 하나같이 이유가 있다. 혹자는 학부모 민원이 늘어난 이유를 다음과 같이 이야기한다. "민원을 자주 넣는 학부모들은 본인들이 학창 시절 때 선생님들에게 불합리한 일을 당한 경험이 많다. 그렇게 쌓인 불신감이 지금 시점에 표출되는 것이다." 전화를 받는 직원들은 한두 번은 친절하게 응대하지만 같은 내용으로 집요하게 추궁을 받다 보면 두 가지 반응으로 갈라진다. 시큰둥해지거나 스트레스를 호소하거나. 정혜신 의사의 적정 심리학은 이렇게 대응하라고 조언한다. "그렇게 생각할 만한 어떤 경험이 있었나요?"

관심의 초점을 민원 당사자 자신에게 돌리는 것이다. 사람 마음은 논쟁과 설득으로 움직이지 않는다. 학부모와 논쟁하거나 설득하려고 하면 안 된다. 먼저 상대의 감정이나 정서를 수용하는 태도가 먼저다. 관심을 갖고 들으면서 학부모의 민원을 '학부모 자신의 이야기'로 바꿔줘야 한다. 어떻게? "그렇게 생각하시게 된 계기가 있었나요?"

교감,
관계가 불편하다!

아파트 폐지 버리는 곳에서 종이가 누렇게 바랜 책 한 권을 발견했다. '통혁당 사건 무기수 신영복 편지'라는 부제가 붙은 《감옥으로부터의 사색》이다. 뒷면을 보니 1988년 9월 1일에 인쇄했다. 진흙 속에서 진주를 발견한 것처럼 주위를 두리번거리면서 냉큼 집안으로 가지고 들어왔다. 감옥 안에서 하루하루를 노동과 사색으로 보내며 가족에게 보낸 엽서를 모아 놓은 것이 바로 이 책이다. 저자는 '함께'라는 말을 자주 썼다. 돕는다는 건 비 올 때 우산을 들어주는 것이 아니라 함께 비를 맞으며 걷는 것이라면서.

"관계를 맺음이 없이 길들이는 것이나 불평등한 관계 밑에서 길들여지는 모든 것은 본질에 있어서 억압입니다."

- 신영복, 《감옥으로부터의 사색》, 햇빛출판사, 1988, 133쪽.

학교에는 다양한 직종의 분들이 함께 어울려 지내고 있다. 갈등이 없는 것이 더 이상하다. 갈등을 풀어나가는 해법은 다른 것에 있는 것이 아니라 관계에 있다. 직장생활이 즐거우려면 관계가 좋아야 한다. 대부분의 직장인들이 일보다 더 힘든 것이 인간관계라고 말한다. 일이 힘든 게 아니다. 함께 일하는 사람들이 힘들다. 일이야 배우면서 하면 된다. 늦게 남아서라도 하면 된다. 사람 관계는 배운 대로 되지 않는다. 갈등을 해결할 수 있는 방법이 공식처럼 있는 게 아니다. 구성원 수가 적다고 덜 힘든 것도 아니다. 오히려 사람이 적은 직장이 사람 때문에 더 힘들 수 있다. 직장 생활의 성패는 일 처리에 있는 것이 아니라 사람 관계를 얼마나 잘 맺느냐에 달려 있다.

직위가 높다고 성품이 뛰어난 게 아니다. 나이가 많으면 인격이 성숙할 것 같지만 꼭 그렇지도 않다. 교감에 대한 기대감이 너무 컸기 때문에 실망하는 선생님도 많다. 공적인 부분에서 불가피하게 부딪히는 일이 있더라도 사적으로는 오해를 풀어야 할 텐데 그게 쉽지 않다. 관계가 나빠졌을 때 주저하지 말고 얼굴을 보며 관계를 풀어가야 한다. 교감이 잘못한 일이 있다면 먼저 사과할 수 있어야 한다. 무엇보다 신뢰를 유지하는 가장 좋은 방법은 평소 사소한 약속이라도 잊지 않고 지키는 것이다. 지키지 못할 말은 하지 않도록 한다.

승진을 꿈꾸다 보면 자칫 관계가 상하는 수가 있다. 경쟁은 피라미드 구조에서 발생한다. 자리는 한정되어 있다 보니 누군가와 경쟁이 불가피한 게 사실이다. 선의의 경쟁, 자기 노력의 결실이 승진이라는 결과로 이어졌다면 그것은 내 능력껏 조직을 이롭게 하고 타인을 섬길 기회를 얻은 것이다. 그런 본질을 뒤로 한 채 오직 경쟁에서 이기겠다는 욕심만 있다면 관계에 갈등이 생기는 것은 당연하다. 가정에 소홀해지고 스트레스로 건강을 해칠 수 있다. 삶의 목표가 승진을 비롯해 우월감을 표출하기 위한 무언가가 되어서는 안 된다.

"신규 교감입니다. 잘 부탁드립니다!"

오늘은 학교 내에 계시는 비교과 선생님들과 대화를 나누었다. 보건, 특수, 전문상담, 영양 선생님. 그리고 1학년 선생님. 행정실도 찾아갔다. 행정실장님과 주무관님들을 먼저 찾아가 인사하는 것이 예의일 것 같았다. 학기 시작하면 이분들과 대화를 나누기가 쉽지 않을 것 같아서 미리 얼굴도 익힐 겸.

관계가 불편할 때 읽은 책

인간관계, 그 한마디가 부족해서 • 야마기시 가즈미 지음
이정환 옮김, 나무생각, 2020

사람 사는 세상은 나 혼자 잘한다고 만사가 술술 풀리는 게 아니다.
학교는 더더욱 그렇다. 다양한 구성원들이 모인 곳이라 생각도 다
르고 일하는 방식도 각양각색이다. 각자 입장과 관점이 다르기 때
문에 말 한마디 잘못했다가 돌이킬 수 없는 루비콘 강을 건너는 수
가 있다. 직장은 일이 힘들어서 힘든 게 아니라 관계 때문에 힘든
게 맞다.

제목에서부터 저자의 통찰이 드러난다. 직장생활에서 체득한 경험
을 바탕으로 인간관계의 노하우를 명쾌하게 조언해주고 있다. 산
더미처럼 쌓인 업무에 어깨가 짓눌려 있는 데다 상사나 후배와의
관계 문제로 이중으로 고통 받는 직장인이라면 잠시 일을 멈추고

이 책을 펼쳐보면 좋겠다. 사막 한가운데서 만난 오아시스처럼 관계의 문제를 단박에 풀어줄 명쾌한 문장들을 발견하게 될 것이다. 그렇다고 해서 이 책이 만병통치약처럼 모든 상황을 해결해주지는 않을 것이다. 말 한마디를 상황에 맞게 던지는 것도 중요하지만 더 중요한 것은 진심이 전달되느냐의 문제니까. 형식적인 말은 불신을 초래할 뿐이다. 하지만 마음이 담긴 말 한마디로 직장 인간관계를 성공적으로 이끌 수 있다는 건 분명하다. 저자가 생각하는 인간 본성은 악하다. 우쭐해지면 교만해진다. 자기밖에 모른다. 삭막한 직장 환경에서는 더더욱 그럴 수밖에. 그 속에서 겸손한 말, 진심이 담긴 말 한마디의 힘은 무척 세다.

"제가 도움이 될 일은 없겠습니까?"
"많이 가르쳐주십시오!"
"~해 주신다면 정말 감사하겠습니다."
"제가 개선할 점을 알려주십시오!"
"정말 대단하십니다!"
"저라면 이렇게 하겠습니다."

의외로 인간관계는 쉽다. 말 한마디로부터 시작되니까.

제발 벌떡벌떡 일어나지 좀 마세요!

우리 학교에는 교감실이 따로 없다. 교무실을 함께 사용한다. 교무부장, 교무행정사, 방과후전담사, 학교운동지도사 고정 멤버만 다섯이다. 당연히 프라이버시가 보장되지 않는다. 개인적인 통화는 다른 사람에게 방해가 될 수 있으니 나가서 걸거나 받는다.

교무실에는 수시로 방문하는 사람이 많다. 방과후학교 강사를 비롯해 직원들이 자주 오간다. 교무실 커피메이커가 인기라 쉬는 시간이면 선생님들이 커피 가지러 자주 들른다. 이때를 이용해 인사를 나누고 말을 건넨다. "선생님, 주말 잘 보내셨어요?"

교감이 책상에서 고개만 들고 인사하면 안 된다. 성의가 없기 때문이다. 하던 일을 멈추고 책상에서 일어나 선생님께 다가간다. "가족들과 즐거운 시간 보내셨어요?"

잠깐이지만 삶을 나눌 수 있다. 가까워지는 것 같다. 교무실에 누가 오든 컴퓨터 모니터만 뚫어지게 쳐다보고 있다가는 민망한 상황이 발생할 수 있다. 문득 눈이라도 마주치게 되면 얼른 피하게 된다. 그럴 바에는 적극적으로 인사를 하고 말을 거는 것이 좋다. 교무실에 들어오는 사람을 바로 볼 수 있는 위치에 교감 책상이 있다 보니 더 그렇다. 게다가 파티션도 없다. 처음 부임해 온 날, 책상 삼면을 둘러싸고 있는 파티션을 치워달라고 부탁했다. 치우고 나니 속이 다 시원했다. 가려지는 부분이 없으니 모든 것이 공개되고 모든 게 공개되니 불편함도 없지 않아 있지만 불편함보다 좋은 점이 더 많다. 고개를 들고 쳐다보지 않아도 된다. 열심히 일하는 교감 모습을 항상 보일 수 있다. 찾아오는 교직원분들과 물리적 간격이 없어지니 마음마저 편해진 느낌이다. 단, 불편한 것 하나는 시선 처리다. 일하다가 눈동자를 잠시 돌리더라도 옆에 있는 교무행정사님과 눈이 마주칠 때가 있다. 얼른 시선을 다른 곳에 둔다. 직원 중에 나보다 나이가 많은 분을 대할 때도 시선을 잘 처리해야 한다. 상대방 눈만 봐도 자기를 낮게 보는지 아닌지를 사람들은 다 안다. 의자에 앉아서 고개만 든 채로 이야기하면 나도 모르게 거만하게 보일 수 있으니 가급적 일어나서 대화한다. 결재할 때도 마찬가지다. 결재 때문에 교감을 찾아온 분들께 예우를 갖추자는 차원에서 나도 자리에 벌떡 일어선다. 그리고 교감 자리를 벗어나 테이블로 안내한다. 서로 마주 보는 자리에서 이야기를 나눈다.

"교감선생님, 제발 앉아서 말씀하세요. 저희가 불편합니다."
"앉아 있으면 저도 불편합니다."

사실, 교감만 시선이 불편한 게 아니다. 코로나19로 인해 선생님도 외부의 시선이 불편하다고들 말한다. 교사를 바라보는 시선 말이다. 사상 초유의 온라인 개학, 온라인 수업, 블렌디드 수업, 방역과 상담 등 불규칙적인 교육부의 일방적 지침과 외부의 곱지 않은 시선으로 교사들이 마음고생을 많이 했다. 아무 준비 없이 미래 교육 시스템으로 전환해야 한다는 성급한 이야기들이 교사들을 정글 안으로 밀어넣었다. 쌍방향 수업을 제대로 소화하지 못하면 무능한 교사로 취급했다.

교감에 대한 교사의 시선도 곱지 않았던 게 사실이다. 책임지지 않으려고 판단을 유보하는 모습, 소극적인 태도로 한 발 뒤로 빼는 듯한 모습, 위기 상황에서 단호하게 결정을 내리지 못하는 모습에 크게 실망했다고 한다.

《90년생이 온다》의 저자 임홍택은 90년대생을 "새로운 변화를 몰고 출현하는 세대"라고 했다. 이 책을 보면 그들은 모바일과 친숙한 세대로 길고 복잡한 것을 좋아하지 않는다. 유희를 추구한다. 완전무결한 정직을 요구한다. 혈연, 지연, 학연은 적폐라고 여긴다. 공정한 룰을 요구한다. 그들에게 회식과 야근을 강요하는 것은 금물이다. 법적으로 보장된 휴가는 권리라고 생각한다. 윗사람 눈치 안 본다. 일보다 여유 있는 인생이 더 중요하다. 권위와 통제가 통하지 않는다. 소통과 수평적인 조직 문화가 아니고서는 90년생을 참여케 할 수 없다.

이들에게 교감은 꼰대다. 꼰대질이 심해지면 갑질과 모욕이 된다. 이들에게 나는 괴물로 보이기 쉽다. 그렇게 되지 않으려면 포용력 있고 열린 자세로 적극적으로 소통해야 한다.

"왜 그렇게 저를 보세요?"

"네? 제가 뭘요?"

나의 시선이 상대방에게 어떻게 느껴질지 몰라 당황스러울 때가 있다. 과도한 친절도 금물이다. 예전 같았으면 정보를 교감이 독점하다시피하니 교감이 자세히 알려주어야 할 때가 있었지만 지금은 커뮤니티가 발달되어 있고 스마트한 90년대생이 최신 정보를 더 많이 알고 있을 때가 많으니 걱정은 일단 내려놓는 것이 안전하다. 모르겠지 하고 자세히 알려주려는 친절을 베풀다가 오해를 살 수 있다. 차라리 물어볼 때까지 기다려 보는 것도 좋을 것 같다.

또한 교감의 시선은 남달라야 한다. 일상적인 상황을 교육적으로 보기 위해 끝없이 교육적 사색을 멈추지 말아야 한다. "교육의 질은 교사의 질을 넘을 수 없다"고 애덤 브룩스(Adam Brooks)가 이야기한 것에 빗대어 나는 이렇게 표현하고 싶다.

"학교 분위기는 교감의 시선에 달려 있다!"

시선이 불편할 때 읽은 책

존재가 존재에 이르는 길 교육 · 고병헌 지음
이다북스, 2020

이 책은 팬데믹 상황에서 교육에 대한 의미심장한 질문을 던지고
있다. 교육이란 무엇이어야 하는가?

경제적 격차가 교육 격차로 이어지고 있다. 특히 원격 수업이 본격
적으로 진행되면서 교육 격차는 현실적인 문제로 부각되었다. 인
터넷을 활용한 자기주도학습이 가능한 학생에게는 큰 문제가 되지
않는다. 하지만 원격 수업이 어려운 가정환경의 학생이나 집중력
이 부족한 학생에게는 빛 좋은 개살구일 뿐이다. 이 사태가 장기화
할 경우 교육 격차가 더 커지는 것은 불 보듯 뻔한 일인데 이런 상
황에서 학교가 할 수 있는 일이 무엇이며, 현장의 교사가 할 수 있
는 일이 무엇일까.

저자는 학생들을 '존재' 그 자체로 봐야 한다고 말한다. 학생을 기업이 요구하는 인적 자원으로 본다면 교육은 전문적인 능력을 길러 취업을 유도하는 도구가 될 것이다. 반면 수업 자체를 학생이라는 존재 그 자체와의 만남, 삶을 전수해주고 삶의 변화를 주는 깨달음으로 여긴다면 학교에서 만남은 의미심장할 수밖에 없을 것이다. 단, 전제가 있다. 교사는 가르친 대로 실천하는 삶을 살아야 하고, 실천한 것을 가르쳐야 한다. 말과 행동이 다르고 평소 가르치는 것이 일상적인 삶 속에서 드러나지 않는다면 학생들에게 어떠한 영향력도 끼칠 수 없음을 기억해야 한다. 그래서 교사에 대한 기대치가 높은 것이다. 화려한 미사어구와 말잔치에 불과한 지식 자랑만 늘어놓는 교사는 결코 교사라고 말할 수 없다. 실천이 없고, 행함이 없을진대 그 누가 보고 배우려고 할까?

신영복 선생님은 "공부란 망치로 하는 것"이라고 말했다. 왜? 삶을 부숴야 하고, 깨뜨려야 할 것으로 본 것이다. 교사의 삶이 변화되지 않고서 어떻게 교실에서 학생들 앞에 설 수 있겠는가? 철저하게 교사 자신에게 망치를 갖다 대야 한다. 교사 스스로 진지하게 생각할 문제다. 자신의 이익을 위해 학생을 볼모로 삼는 교사, 자신의 편리를 위해 그럴싸한 주장을 내뱉는 교사. 모두 거짓 교사다!

몸 눈치를
본다

현장체험학습이 있는 날이다. 아직 코로나19 심각단계 1.5단계여서 학교장의 판단과 교직원들의 의견을 통해 현장체험학습을 강행하기로 결정했다. 출발 시각을 맞추기 위해 출근을 일찍 했다. 새벽 6시. 현장체험학습을 마치고 집에 도착하면 9시가 된다. 체력 안배를 잘해야 한다. 아프면 끝장이다.

선생님들도 그렇지만 교감도 몸 관리를 잘해야 한다. 나이가 들수록 몸이 예전 같지 않다. 무리하지 말고 자기 관리를 잘해야 한다. 나는 교사 생활 첫 시작부터 술을 먹지 않겠다고 선포했다. 20년 넘게 교직 생활을 하면서 이 원칙을 깨뜨리지 않고 지켜가고 있다. 내가 술을 먹지 않겠다고 고집한 이유는 몇 가지가 있다. 먼저는 종교적 이유다. 늘 주변에서는 이런 얘기를 한다. 자신이 아는 사람은 종교를 가졌음에도 술을 잘만 먹던데 자네는 뭐가 유별나다고 그러냐고. 내 생각은 이렇다. 술을 마시는 것 자체가 나쁘다는 것이 아니다. 술을 마시고 난 후가 좋지 않다는 점이다. 교직은 다른 직업과 다른 점이 있다. 학생을 만나는 직업이다. 학생을 만날 때 최대한 몸 상태를 좋게 해서 만나야 한다는 것이 내 생각이다. 개개인의 건강 상태가 다르겠지만 나는 체력이 약한 편이기에 스스로 조절한다.

작년부터 코로나19 방역 지침 준수 때문에 직장 내 회식 문화도 달라지고 있다. 내심 마음이 편하다. 나같이 술을 즐기지 않는 사람은 이 핑계 저 핑계 대지 않아도 되었다. 20년의 교직 생활 중에서 10년 이상 장거리 출퇴근을 하다 보니 체력 관리를 하지 않을 수 없었다. 나는 원래 몸집이 작다. 근육질이 아니다 보니 금방 피로가 쌓인다. 피곤하면 교직원들과 만날 때 영향을 줄 수 있다. 피곤에 찌들린 교감을 누가 신뢰하겠는가. 업무량도 점점 늘어나지만 그때그때 신속하게 결정해야 할 일이 많은데 정신이 흐린 상태로 정확한 판단을 내릴 수는 없을 테니 늘 깨어 있어야 한다. 교감은 365일 늘 긴장 상태다. 학생에게 일어난 일도, 학부모와 관련된 일도, 교직원에게 일어난 일도 교감이 제일 먼저 확인하고 처리해야 한다. 술에 취해 있거나 건강관리를 잘 하지 못해 교감 스스로가 힘들어한다면 이 일을 누가 대신해줄 것인가.

나만의 체력을 관리하는 방법이 있다. 될 수 있는 한 걷는다. 가능하다면 출퇴근도 걸어서 한다. 출장도 걸을 수 있는 거리라면 걸어서 간다. 따로 운동할 시간이 없으니 출퇴근 시간을 활용해서 건강을 관리하자는 생각이다. 물론 지금은 장거리 출퇴근으로 걷지는 못하지만 최근 3년간은 비가 오나 눈이 오나 걸어서 다녔다. 뚜벅뚜벅 걷다 보면 마을이 눈에 들어오고 지역 사람들과 접촉할 기회도 많아진다. 학부모도 만난다. 걸어가는 나의 모습을 보고 손을 흔들고 아는 척을 해준다. 학부모와 친숙해지는 방법 중 하나다. 지금은 동해 바다를 보면서 여행하듯 출퇴근을 한다. 수면 시간을 최대한 규칙적으로 하고자 노력한다. 특별한 일이 없으면 밤 10시를 넘기지 않는다. 일어나는 시간은 새벽 4시 30분이다. 평균적으로 6시간 수면을 지킨다. 아니 직장인이 어떻게 10시 전에 잘 수 있냐고 따질 수 있겠다. 방법은 있다. 단순한 삶을 살면 된다. 우리 집에는 텔레비전이 없다. 아니 텔레비전을 없애버렸다. 필요할 때는 스마트폰이나 노트북이 있으니 불편한 점이 없다. 단지 우리 집 아이들이 약간 불쌍한 감이 없지 않다. 세 아이가 아주 어렸을 때부터 텔레비전이 없었으니 우리 집은 원래 텔레비전이 없구나, 하고 살아간다. 저녁을 일찍 먹고 이것저것 하다가 잠든다. 일찍 잠드는 부모를 아이들이 이상하게 생각하지만 이제는 익숙한 생활 습관이 되어버렸다. 아니, 무슨 재미로 사냐고 물어보는 사람이 있다. 그래도 쾌적한 상태로 몸을 관리할 수 있고 학교에 출근하여 학생과 교직원들을 만날 수 있으니 그것으로 만족한다.

일선 학교에 있는 교감들이 생활하는 면면을 보면 출퇴근 시간이 일정하지 않다. 퇴근은 물론이거니와 출근도 일찍 서두르는 경우가 많다. 학교는 예측하지 못하는 일이 많이 일어나는 곳이다. 출근하다가도 교직원에게 전화가 오면 가슴이 철렁거린다. 쉽게 해결할 수 있는 문제라면 괜찮다. 플랜A, 플랜B를 세워야 하는 상황이라면 순간 머릿속이 복잡해진다. 퇴근도 학교 일이 깔끔하게 다 마무리되어야 홀가분할 수 있다. 교무실 구성원들이 일을 마무리하지도 않았는데 교감 먼저 가방 메고 나가는 것도 이상하다. 교장선생님도 업무가 아직 마무리되지 않았는데 교감부터 시간 됐다고 나가기도 아직 내 세대는 익숙하지 않다. 종일 신경 쓰다 보면 그날은 왠지 모르게 더 피곤하다. 몸이 불편한 게 낫지 신경 쓸 일이 많으면 더 피곤하다. 좋은 일만 있으면 좋겠지만 세상일이라는 게 그럴 수 있는가. 교감은 책임지는 역할을 하는 존재다. 교직원들도 해결하기가 어려운 문제들을 교감에게 가지고 온다. 좋은 일로 오는 경우는 많지 않다. 어려운 문제를 해결하기 위해 함께 고민하고 숙제를 풀어가듯 집중해야 한다. 이런 일도 체력이 소모되는 일이다. 학교는 몸으로도 움직여야 하는 일이 많다. 무거운 짐을 옮기거나 힘을 써야 할 일이 많다. 교직원들에게만 시키고 교감은 가만히 앉아 있는 것도 모양이 좀 그렇다. 학교 돌아가는 모든 일에 교감은 신경을 써야 한다. 알고서도 모르는 척 할 수 없기에 급한 일이 아니고서는 현장에 참여하게 된다. 선생님들도 수업과 생활교육에 온 몸이 지쳐 퇴근하지만 교감도 마찬가지다.

몸이 불편할 때 읽은 책

모험으로 사는 인생 · 폴 투르니에 지음 · 정동섭, 박영민 옮김
IVP, 1994

폴 투르니에는 노년의 나이에 책을 써달라는 청탁을 출판사로부터 받게 되었다. 여든이 넘은 나이에 집필을 한다는 것 자체가 모험이라 고민을 하지 않을 수 없었을 것이다. 그럼에도 불구하고 그는 "가장 중요한 것은 모험 정신을 유지하는 것"이라며 "출판사의 요구에 따라 책을 쓰는 것 자체가 모험이며 의무로 느껴진다"고 했다. 무슨 말인가? 어떤 모험도 오래 지속될 수 없다. 새로운 일을 할 때 그 당시는 모험일 수 있지만 그 일이 오래 지속될 경우 감흥도 긴장감도 떨어져 어느새 익숙한 일이 돼버린다. 나이 든다는 것은 신체적 능력이 떨어지고 정신이 노쇠해진다는 의미이다. 그런데 폴 투르니에는 새로운 모험을 시도하겠다는 용기가 없어져 현실에 안

주하려는 마음의 태도가 <u>스스로를 노년으로</u> 규정하는 것이라고 말한다.

나는 어떤가! 오십줄에 들어서고 있다. 아직은 겁 없이 도전하여 새로운 영역에 덤벼들고 싶은 마음이 남아 있다. 모험을 하면서 얻는 유익은 역동감과 존재감을 느끼며 성취감을 통해 기쁨을 누릴 수 있다는 점이다. 그렇다고 해서 좋은 점만 있는 것은 아니다. 여유롭게 생각을 정리하고 묵상하며 깊이로 나아가야 하는 시간들을 놓치는 경우가 많다. 가끔 심신이 지치고 일에 쫓겨 사는 내 자신을 돌아본다.

나도 점차 행동반경이 좁아질 게 분명하다. 성취보다는 존재에 의미를 두어야 하는 때가 다가온다. 잃어버린 젊음을 찾기 위해 안간힘을 쓰거나 후회하며 아쉬워하기보다 움직임은 둔해질지언정 노년에 누릴 수 있는 장점인 살아 있는 정신으로 존재의 깊이를 만들어감에 만족을 누리며 또 다른 모험의 삶을 살아가야 하지 않을까 싶다.

죽음도 모험이다. 살아생전 누구도 죽음을 경험해보지 못하기에 죽음으로 나아가는 삶도 모험이라고 볼 수 있다. 죽음도 잘 준비해야 한다. 죽음을 두려워할 대상으로 여기며 애써 회피할 것이 아니라 죽음을 통해 또 다른 삶을 기대하며 주어진 삶 속에서 의미 있는 시간을 지속해 가는 것이 모험으로 사는 인생이 아닐까 싶다. 그렇다면 자신이 헌신할 목표가 가치 있어야 한다. 자신을 바칠 수 있는 목표가 있는 삶이 진정 복된 삶이다. 과학과 기술의 발전으로 삶이 과거보다 윤택해졌음에도 불구하고 많은 이들이 공허함을 느끼는 이유는 문명의 발전과 상응하는 '정신적 보충'이 없기 때문이다. 의사 폴 투르니에는 질병과 건강에 대해 다음과 같이 말한다. 참고로 그는 환자를 대할 때 환자를 한 사람의 인격체로 대하며 독서 상담을 통해 환자 스스로가 자신의 존재를 깨달을 수 있도록 조언해 주는 의사였다.

"질병은 세상의 경쟁에서 뒤처지게 만들지만, 다른 한편으로는 한적한 곳을 찾을 수 있는 기회와 유익한 자기 성찰의 기회가 될 수도 있다." (164쪽)

모험으로 사는 인생은 두려움 없는 삶이 아니다. 두려움이 예상되지만, 앞으로 나아가는 삶이다. 모험으로 사는 인생은 성공하느냐 실패하느냐의 문제가 아니라 인생의 목적이 어디에 있는가의 문제다. 폴 투르니에는 신체적 장애가 위대한 모험의 출발점, 성취와 성공의 시발점이 될 수 있다고 말한다. 지독한 책벌레였던 폴 투르니에는 책을 읽을 때마다 읽지 못한 책, 읽을 수 없을 책들을 생각하며 주어진 현실을 아쉬워하고 고치지 못하는 환자의 질병 때문에 자신의 무능함을 괴로워했다. 극복할 수 없는 것들이지만 그것조차도 모험의 대상임을 고백한다.

최근 폴 투르니에의 저작들을 대하면서 한 번 읽고서 책장에 꽂아두기에는 아깝다는 생각이 든다. 이번 책도 그렇다. 두고두고 읽을 책이다. 특히 나이가 들어가는 이때에.

p.s. 죄송합니다. 한창 젊은 나이에 나이 타령을 해서.

결정하라고요?
제가요?

코로나19 백신 접종이 보건, 특수교사, 특수교육 종사자들을 대상으로 시작된다. 내가 근무하고 있는 곳에서는 공교롭게도 일괄접종을 한단다. 다시 말하면 대상자 모두를 한날 한시에 일괄 접종한다는 것이다. 우리 학교는 보건교사 두 분에 특수교사 한 분, 특수교육 종사자가 세 분이 계신다. 최대한 수업과 돌봄, 업무 공백이 적도록 학교에서 협의하라고 공문이 왔다. 문제는 일괄 접종이다. 특수교육 종사자분들이 일대일로 돌보는 학생들이 있는 우리 학교에서는 돌봄 공백이 생긴다. 당장 사흘 뒤면 접종을 하게 될 것이고, 접종 후 이상 증상이 발현할 것을 대비하여 대책을 세워야 한다. 지침에는 접종 당일은 공가 처리로, 다음 날 이상 증상이 있을 경우 병가 처리하라고 한다. 문제는 수업과 돌봄이다. 중증 장애 학생들이기 때문에 통합학급 수업도 어렵다. 현재 학교장 부재 상황이다. 특수학급만 원격수업으로 전환할지 여부를 학교 측에서 결정한 뒤 학부모님들께 속히 알려야 한다. 학부모들도 모두 일하는 가정들이라 대책을 세울 수 있는 시간적 여유를 주는 것도 중요하다. 어떻게 해야 할까? 학교장이 계시면 상의하면 될 문제다. 그러나 지금은 그렇지 않다. 전화로 상의할 수 없는 상황이다. 학교장 부재 시 교감이 결정해야 하는 상황이다.

"(특수) 선생님, 혹시 접종 다음 날 원격수업 전환 시 문제될 상황은 없을까요?"

"교감 선생님, 지금의 상황을 안내하면 이해하지 못할 학부모님은 안 계실 것 같아요."

"만에 하나, 돌봐 줄 여건이 안 되는 가정이 있다면 어떻게 해야 될까요?"

"작년에도 원격수업 전환 시 가정에서 어찌어찌 해결한 것으로 알고 있습니다."

"그러면, 일단 빨리 알릴수록 준비할 시간이 확보되니 학부모님께 원격수업 전환한다고 말씀드리면 좋을 것 같습니다."

오전 동안 몇 가지 상황을 두고 여러 측면을 생각해보았다. 내일까지 결정을 유보하기에는 너무 늦은 감이 있다는 생각이 들어, 일단 선 조치 후 보고로 가기로 했다. 교감인 나의 빠른 조치에 선생님은 고마워하셨다.

교육부는 코로나19 백신 접종 1일 후(d+1) 근육통, 발열, 두통, 오한,

메스꺼움, 어지러움, 접종 부위 반응, 알레르기 반응, 구토, 관절통, 복통, 설사 등 이상반응으로 휴가를 신청한 접종자에게 병가를 부여할 것을 권고했다. 현재 약 33%의 접종자가 근육통, 두통 등 불편함을 호소하였고(질병청 조사 결과) 안전한 백신접종 지원을 위해 이상반응에 따라 병가 요청 시 승인하라는 지침에 무게감을 두고 판단했다. 교감의 입장에서는 선생님들의 안전을 고려하지 않을 수 없다.

2020년 유래 없는 코로나 상황 속에서 교사들이 가장 힘들었던 것은 무엇이었을까? 오락가락했던 리더십의 부재였다. 현장의 교사들이 위기 상황에서 학교의 관리자들에게 원한 것은 무엇이었을까? 교사들은 다 공감하는데 정작 교장, 교감만 모를 수 있다. 교사의 다양한 목소리를 듣는 것이 무엇보다 중요하다. 지나간 것은 어쩔 수 없지만 앞으로 또 다시 닥칠 위기 상황에서 실패의 전철을 다시 밟지 않기 위해서는 교사들의 목소리를 기억해야 한다. 귀를 열고 들어야 한다. 소통은 듣기 싫은 말이라도 듣는 것에서 시작된다.

교사는 운영자가 운영자답기를 원한다. 별게 아니다. 운영자가 결정하고, 일하고, 책임지는 거다. 먼저 결정을 잘하려면 상황 파악을 빠르게 할 수 있는 능력이 필요하다. 단순히 보고받고 지시하는 운영자가 아니라 책임을 지겠다는 각오와 확실한 결정력을 갖추고 있어야 한다. 전체의 흐름을 통찰할 수 있는 감각이 있어야 한다. 최일선에서 직접 뛰어야 한다. 교사에게 책임을 전가해서는 안 된다. 학교는 행정이 우선이 아니라 교육이 우선이다. 교육과 행정의 충돌이 생길 때에는 교육에 우선적 순위를 부여하고 행동할 수 있도록 조치를 취해야 한다.

다변화되고 불확실한 사회일수록 공동체 구성원의 의견을 모으고 결정 내리는 일은 점점 어려워진다. 불편하다고 해서 대충 넘어갈 일이 아니다. 반드시 결정을 내려야 하는 일이라면 예전처럼 소수의 리더가 독단적으로 지시하는 식으로 회귀할 것이 아니라 최대한 민주적인 의사결정을 통해 합의를 보아야 할 것이다.

탁월한 리더 한 사람의 결정에 의해 좌우되는 조직은 20세기에는 가능했는지 모르지만 21세기는 완전히 달라졌다. 평범한 사람들의 집단지성이 똘똘한 한 사람의 지성보다 모든 면에서 우수하다는 것이 입증되었다. 의사결정에 앞서 모두에게 공개하고 의견을 구하자. 혼자 하는 것이 아니라 모두가 함께할 수 있는 문화를 만들어야 한다. 교사와 학생, 학부모 모두가 함께 협력할 때 학교라는 곳이 거센 파도의 물결을 넘어갈 수 있다.

"교감선생님, 열이 39도까지 올라가는데요?"

현장체험학습 장소에서 열이 39도가 올라가더라도 코로나19 감염병이 아닐 경우에는 간단하게 조치할 수 있다. 해열제를 처방하여 안정을 취하게 하거나 가까운 병원이나 의원에 찾아가서 진단받고 약을 처방받아 오면 된다. 그리고 학부모님께 이런 사실이 있다고 전화한 뒤 안전하게 돌아오면 된다. 그런데 코로나19 감염병 심각단계에서는 난감하다. 학교에서 출발할 때에는 괜찮았던 학생이 점심식사를 하고 배가 살살 아프다고 한다. 열을 체크해 보았더니 38도, 39도까지 올라간다. 이런 일이 일어나자 담임선생님이 교감에게 보고한다. 어떻게 해야 되냐고. "일단 안정을 취해보죠. 갑작스럽게 열이 올라갈 수 있으니." 이렇게 말하고 나서도 별의별 생각이 다 든다. 담임선생님은 학생들과 함께 먼저 출발하고 교감인 내가 남아서 학생을 보호하고 있어야 하나? 학부모님이 올 때까지 기다리거나 선별검사진료소에 가서 검사를 받아보게 해야 되나? 그런데 학부모님은 너무 멀어서 오지 못한다고 한다. 그러면 선택지는 줄어든다. 교감이 남아서 택시를 타든 해서 병원에 간다. 검사 후 어떻게 하지? 참 난감하다. 전세버스가 떠날 시간이 임박했다. 담임선생님도 내가 결정해주기를 바라고 있다. 바로 이런 일이 있을까 봐 교감을 현장체험학습에 인솔자로 지정해 보낸 것이다. 그렇다면 교감이 어떻게 해야 하나. 혼자 결정해서는 안 된다. '답은 사람들 안에 있다.' 맞다. 함께 온 선생님을 모두 불러 모았다.

"현재, 학생이 39도 이상 열이 오르고 있습니다. 학부모님은 멀리 계셔서 데리러 오지 못합니다. 어떻게 할까요?"

선생님들의 이야기에 귀를 기울인다. 학생들은 왜 안 가냐고 물어본다. 속히 결정을 내려야 한다.

"교감선생님, 전세버스 한 대에 열이 나는 학생과 담임선생님만 타고 가면 어떨까요? 나머지 학생들은 다른 버스에 분산해서 태우고요."

만에 하나 있을 감염을 예방하기 위한 최선의 방법이다. 전세버스를 운전하는 기사님의 동의를 얻어야 한다. 그리고 그 옆에 열이 나는 학생을 보호해줄 선생님 한 분이 동승해야 한다. 마침 기사님은 흔쾌히 승낙해주었다. 담임선생님도 동의했다.

"네. 좋습니다. 버스 한 대에 운전자, 열이 나는 학생, 담임선생님 세 명만 타고 갑니다. 빨리 내려가야 하므로 중간에 쉬지 않고 가겠습니다."

현장에서 내린 결정이다. 학교에 연락한다고 뾰족한 방법이 없다. 교감이 결정해야 한다. 최악의 상황이 아니길 바라며 출발했다.

"교감선생님, 내일은 원격수업을 해야 되지 않을까요?"
"교육지원청에 알아보겠습니다."

열이 나는 학생이 만약 코로나 검사 결과 확진 판정이 나면 접촉 범위에 따라 크게는 전교생 모두 검사를 받아야 되고 원격수업 전환이 불가피해진다. 급할수록 냉정하라는 이야기가 있다. 한 템포 늦추고 숨을 깊게 들이마신 뒤 찬찬히 생각해본다. 버스 안에서 결정해야 한다.

"장학사님, 교감입니다. 이런이런 일이 있는데 어떻게 해야 되죠?"
"교감선생님, 침착하셔야 합니다. 아직 검사 전이기 때문에 평상시처럼 정상적으로 수업하시구요, 검사 결과 후에 매뉴얼대로 움직이시면 됩니다."

짐작만으로는 안 된다. 그렇다. 차분히 생각해보면 안다. 절차와 방법을 뛰어넘어서는 안 된다는 걸. 과도한 예방은 학부모님들을 불안에 빠

뜨릴 수 있다. 모든 것은 짐작하지 말고 검사 결과 후 대응하자. 학교까지 가는 두 시간이 엄청 길게 느껴졌다. 다음 날 검사를 받은 그 학생은 그다음 날 음성 판성이 나왔다. 휴. 안도의 한숨이 나왔다.

결정이 불편할 때 읽은 책

도요타, 다섯 번의 질문 · 가토 유지 지음 · 김한결 옮김
예문아카이브, 2020

수익을 목표로 하는 기업에서 민주적 의사결정을 최우선의 가치로 여긴다는 것이 의아할 수 있겠다. 경영진들과 조합원들이 수평적 관계에서 회사를 위한 제안을 낸다. 입사한 사원들은 누구나 의무적으로 2년간 현장 라인에 투입되어 실무를 다루도록 한다. 이런 기업 원칙을 고수하는 회사가 있다. 바로 도요타자동차. 직위를 떠나 자유롭게 대화를 하는 분위기를 통해 누구든지 창의적인 제안을 끄집어내고 회사의 나아갈 방향을 개선할 수 있다는 경영자의 신념이 인상적이다.

회사가 바쁘면 서둘러 결론을 내리려고 한다. 철저한 논의는 불가능하다. 이런 환경에서는 지시만 기다리게 되고 명령만으로 일을

할당한다. 수동적인 직장 문화로는 실적 향상은커녕 현상 유지도
어렵다. 철저한 생산 조립 과정에서 발생할 수 있는 문제점들을 서
로 논의할 수 있어야 더 큰 문제를 방지할 수 있다.

자신의 경험에만 의존해 교육하는 방식은 더이상 젊은이들에게 통
하지 않는다. 수평적인 대화가 필요한 이유이기도 하다. 선배들은
후배들의 요구를 들어야 한다. 요구를 듣는 일은 의사소통 능력을
향상시킨다. 대화하기 편한 사이가 서로를 성장시킨다.

거절당하는 자의
자세

코로나19로 인해 학력 격차가 점점 심해지고 있다고 언론에서 자꾸 말한다. 2019년 한 해 동안 등교수업이 늦춰지고 온오프라인 병행 수업이 이루어졌다. 대면수업보다 수업 효과가 떨어진 것은 사실이다. 1년간의 학습 공백은 시간이 지날수록 문제가 커질 수밖에 없기에 최근 학력 격차 해소를 위한 방법들이 쏟아지고 있다. 최근에 각 학교에 협력교사를 대신하여 기초학력뿐만 아니라 교육활동을 지원할 튜터를 보내주겠다는 공문이 왔다. 주 40시간 1일 8시간 전일제 근무로, 지원이 필요한 학생들을 도울 수 있는 좋은 제도라고 생각했다. 현재 학습 속도가 느린 학생들이 많아 담임선생님만으로 역부족일 경우가 많을 테니까. 때마침 적절한 공문이 왔다고 생각되어 교원학습공동체의 날을 맞이하여 담임선생님들과 회의를 했다.

먼저, 각 학급의 상황을 들어보며 함께 공감하는 시간을 가졌다. 그리고 튜터 제도에 대해 각자의 의견을 들어보았다. 교실 안에 누군가가 들어온다는 것이 담임으로서 부담이 되는 것이 사실이다. 그럼에도 불구하고 교감의 입장에서는 외부 인력이 한 분이라도 더 공급되는 것이 기초학력을 지원하는 일에 보탬이 되지 않을까 싶었다.

"사실, 학급에 정기적으로 들어오는 것은 부담이 됩니다."
"만약, 필요할 때만 교육활동을 받는 것이라면 조건부 찬성입니다."
"학력에 관한 부분은 담임 혼자서도 충분합니다. 다만, 특이한 행동을 보이거나 노작활동을 할 때 손이 추가적으로 필요할 경우라면 찬성입니다."

회의 전반부에는 조건부 찬성이 많았다. 그런데 상담 지원을 포함한 여러 얘기가 오가면서 분위기가 반대로 쏠리기 시작했고, 회의에 늦게 참석하신 몇 분의 선생님이 뒤늦게 들어오셔서 반대 의견을 냈다. 순간 당황스러웠다. 40, 50분 동안 학급의 상황과 필요성에 대해 의견을 나눴던 선생님들의 의견에 대해서는 충분히 공감이 되었지만, 늦게 참석하셔서 사전 설명을 받지 못한 분들의 경우 자신의 평소 생각으로 반대를 하면서 결국 전체의 의견은 반대로 결정되었다.

코로나 방역 수칙으로 인해 마침 마스크를 쓰고 있어서 표정을 드러내지 않을 수 있었지만, 당황스러운 게 사실이었다. '교감이 사전에 그렇게 필요성에 대해서 이야기했는데 어쩜 이렇게 자신 생각만 하지?'

내 의견이 받아들여지지 않은 것에 대해 불쾌한 감정이 들기 시작했다. 그렇다고 결정을 번복할 수 없었다. 평정심을 유지하고 회의를 마쳤다. 사실, 선생님들은 교감을 거절한 것이 아니라 교실 내에 들어오는 튜터를 거부한 것이다. 자칫, 나를 거절한 것으로 생각한다면 실망감과 함께 기운이 빠질 일이다.

'나를 거절한 것이 아니라 반대 의견을 제시한 것뿐이야.'

《교사를 위로하는 한 권의 그림책》143쪽에 이런 말이 나온다. "거절을 듣는 것은 상대에게 받아들여지지 않았다는 불쾌함과 두려움을 느끼게 할 수 있답니다. 그러나 거절의 과정에는 서로의 욕구를 이해할 기회가 선물처럼 존재합니다. 그래서 거절은, 요청을 들은 사람이 요청을 한 사람에게 주는 진실의 목소리입니다."

거절은 상대를 미워하는 행위가 아니라고 한다. 요청을 들은 사람이 요청을 한 사람에게 주는 진실의 목소리라고 한다. 기초학력을 담당하는 선생님이 부담해야 할 짐이 너무 무겁기에 다른 동료 선생님들이 대신 목소리로 힘을 실어준 것이다. 교감인 내 생각에는 꼭 하고 싶었던 사업이었다. 요청이 거절되어 서운함마저 든 것이 사실이다. 이틀이 지나서야 감정이 원래대로 돌아왔다. 거절이 아니라 진실의 목소리였다는 사실이 인지되었다. 가만히 생각해보니 나만 생각이 달랐지 대부분의 선생님들은 업무를 감당하게 될 선생님에게 돌아갈 짐이 크다는 것을 알고 있었고 그래서 모르는 체 하지 않았던 것이다.

거절이 불편할 때 읽은 책

내면아이 · 이준원, 김은정 지음
맘에드림, 2017

학교 공동체 안에는 다양한 교직원이 함께 생활한다. 서로 입장이 다르고 역할이 다르다. 거절당한 내면 아이가 지배하고 있는 교장 (감) 선생님들은 새파란 젊은 교사가 자신의 주장을 내뱉는 모습을 보고 분노를 금치 못하는 경우가 종종 있다. 반항한다고 생각하고 버르장머리가 없다고 선입견을 가진다. 실은 그 정도로 마음이 좁아 젊은 교사들을 수용할 수 없는 상태이기 때문에 나타나는 현상이다. 내면 아이가 치유되지 않으면 갈등은 좁혀지지 않을 것이다. 교장(감)들은 리더십을 발휘하기 어렵다고 신세 한탄할 것이 아니라 자신의 내면을 돌아보며 자신의 상태를 먼저 점검할 필요가 있을 듯싶다. 그리고 지금의 젊은 신규 교사들 또한 내면 아이로 상처

받고 있다고 생각한다면 과연 이 일이 화낼 만한 일인가 하고 자신을 다독일 수 있을 것이다.

책에는 내면 아이를 치유할 몇 가지 방법이 제시되어 있다. 내면 치유에 공통적으로 좋은 프로그램들이다. 고향 방문하기 프로젝트, 부모님의 이미지를 색깔로 표현하기, 이상한 거울 보기, 지지 그룹 만들기를 예로 들고 있다. 실제 실습을 통해 스스로 돌아보는 시간을 가지면 좋을 것이다.

학교 현장에서 생활하다 보면 학생뿐만 아니라 학부모로 인해 교사들이 힘들어하는 걸 보게 된다. 소위 민원을 제기하며 교사의 수업권마저 뒤흔들려고 하는 학부모가 언론을 통해서도 회자된다. 학부모 또한 내면 아이를 간직한 채 분노를 학교에다가, 교사에게 퍼붓는 경우가 많다. 교사 입장에서는 황당할 수 있다. 그렇지만 학부모 속에 있는 내면 아이를 생각하며 경청해준다면 불필요한 오해를 풀 수 있지 않을까 생각해 본다.

함께
책 읽어요

학교 안에는 교원학습공동체라는 학습을 위한 공동체가 있다. 최소한 달에 한 번은 같은 주제를 가지고 생각을 나누거나 연구 목적으로 다양한 활동을 한다. 여러 가지 활동 중에 기억에 남는 것이 독서 동아리 활동이었다. 그때 마침 독서 동아리에서 선정한 책이 있었다. 차별을 주제로 한 책이었다. 아무렇지 않게 타인을 차별하는 사람들이 정작 본인은 차별을 하지 않는 선량한 시민이라고 생각하는 현실을 꼬집어낸 책이다. 바로 내 이야기다.

"초등학교 1학년 담임선생님은 여자 선생님이 해야 되지 않나요?"
"왜 1학년 담임선생님은 꼭 여자가 해야 되나요?"
"1학년 아이들에게는 엄마 같은 섬세한 손길이 필요하잖습니까?"

"남자 선생님은 섬세한 손길을 가질 수 없나요?"

"아니, 왜 자꾸 공격적으로 말씀하시는 겁니까?"

"지금 말씀하신 것 자체가 차별입니다!"

'차별'이라는 말을 듣는 순간 망치로 머리를 맞은 느낌이었다. 내가 차별했다고? 맞다. 당시 나는 1학년부터 6학년까지 각 학년이 한 학급씩밖에 없는 6학급 초등학교에 근무하고 있었다. 공교롭게도 담임을 맡을 선생님 중 남자가 다섯이었고 여자가 한 명이었다. 내 생각에 1학년 담임은 여자가 맡는 것이 당연했다. 그래서 유일한 여교사에게 1학년을 맡아달라고 요청했다. 아니, 강요했다. 내 말을 듣자마자 여자 선생님이 강하게 반발하는 데 기분이 상했다. 분위기가 냉랭해질 수밖에 없었다. 매년 담임을 맡을 학년을 정할 때마다 선생님들 사이에 이런저런 의견 대립이 있기는 했지만 이번 경우는 달랐다. 내가 무심코 성차별을 했다는 사실을 뒤늦게 알게 되었다. 독서 동아리 활동을 하면서 깨달을 수 있었다. 참 많이 후회했다. 교실로 찾아가 상처를 입은 선생님께 용서를 구했다. 내 자존심보다 상처를 입힌 상대에게 용서를 구하는 것이 우선이었으니까. 내 안에 박혀 있던 고정관념을 바꾸는 일은 혼자서는 할 수 없다는 사실을 알게 되었다. 결정적(?)인 사건 없이는 자기도 모르게 변화를 거부하는 채로 머물게 된다. 값진 교훈이었다.

당시 학교 교사 구성원의 남녀 비율이 의외였다. 대부분 학교에서는 여교사가 많고 남교사가 적은데 그 학교만 반대였다. 그렇다 보니 나도 모르게 내 생각이 차별인 줄 모르고 당당하게 얘기했던 것 같다. 예전에는 학교에서나 교육지원청에서나 체육 업무를 남자 교사들 또는 남자

장학사님들이 주로 맡았다. 그런데 시대가 변해서 이제는 남자, 여자 구분하지 않고 체육 업무를 맡고 있다. 학부모회 같은 업무도 마찬가지다. 내가 초임 발령 나왔을 때는 학부모님들 중에 대부분 어머니들이 학교에 많이 방문하셔서 경력이 많으신 여자 선생님이 학부모회 업무를 맡았지만 지금은 내가 근무하는 학교만 보더라도 당당히 30대 중반의 남자 선생님이 맡고 있다. 이제는 체육은 남자가 하는 일, 어머니들을 대하는 일은 여자가 하는 일 등 구분해서 생각하지 않는다.

최근에 김지혜의 《선량한 차별주의자》(창비, 2019)를 읽고 해머로 머리를 한 대 '땅' 맞은 기분이었다. 가정에서도 마찬가지다. "아빠는, 왜 나만 일찍 들어오라고 해?" 딸아이가 하는 말이다. 오빠한테는 안 하는 잔소리를 들으니 불공평하다는 생각이 들었나 보다. 나도 무의식적으로 여자아이는 밤늦게 돌아다니면 안 된다는 생각을 가지고 있었다. 안전한 사회 분위기를 만들기 위해 노력해야지 여자라고 해서 무턱대고 돌아다니지 말라고 하는 것 또한 성차별적 의식임을 깨달았다. 교감이 되고 나서 교감 중 절반 이상이 여성임을 알고 솔직히 놀랐다. 이것도 내게 배어 있는 성차별적인 의식 때문일 것이다. 이제 몇 년 후면 여자 교장선생님이 대세를 이룰 것 같다. 기관장을 남자가 독식하는 분위기에서 자란 나는 아직까지도 교장선생님하면 남자라는 이미지가 먼저 떠오르니, 세상변화를 따라가려면 느긋할 틈이 없다. 부지런히 읽고 쓰는 수밖에 없다. 그렇게 노력해가며 부족함을 만회할 기회가 남아 있다는 게 감사하다. 교사여서 다행이다.

불편함에 도전하는 마음으로 읽은 책

다른 게 아니라 틀린 겁니다 • 위근우 지음
시대의창, 2019

최근에 이 책을 읽고 가슴을 쓸어내렸다. 참 불편한 책이다. 50을 바라보는 나이, 소위 말해서 사회의 기득권층, 남성, 병영 문화를 뼛속 깊이 받아들인 세대, 가부장적 문화에서 살아온 내 세대는 저자의 생각을 한 번에 받아들이기는 쉽지 않을 것이다. 솔직히 책장이 쉽게 넘어가지 않았다. 가령 페미니즘을 정의한 개념만 해도 그렇다. 여성과 남성의 관계를 살펴보고, 여성이 사회제도 및 관념에 따라 억압되고 차별받고 있다는 것을 밝혀내는 여러 가지 사회적, 정치적 운동과 이론을 가리키는 개념이라고 하지만 수용하기가 쉽지 않은 것이 사실이다. 마녀사냥, 여성혐오, 성 소수자에 대한 관점의 차이에 대한 이야기도 불편했다. 하지만 페미니즘은 여성의 권리를 주장하는 것이지 남성을 적으로 간주하는 것이 아니기 때문에 잘못된 것을 관행이라며 적당히 넘겨서는 안 되며 반드시 틀린 것을 지적하고 고쳐야 한다고 강조한다. 혐오, 차별, 정체성 등 각계각층에서 무의식적으로 틀리게 사용되어온 언어라든지 사고방식을 비판하고 있다.

"조심스러움이란 남자답지 못한 게 아니라 상대방과의 적절한 심리적 거리를 유지하기 위한 사회적 능력이며, 상대가 불편해하지 않을 배려란 자기 객관화와 역지사지라는 인간 지성의 최고 기능을 발휘할 때 가능한 것임을 깨달으면 좋을 것이다. 괜찮은 남자 캐릭터의 상징적 가치는 여성의 우상이 아니라 남성의 롤모델일 때 비로소 실천적으로 유의미하다." (224~225쪽)

문장마다 이해하기 어려운 부분이 많았다. 내가 경험한 세계가 좁기 때문일 것이다. 불편한 기분을 누르며 끝까지 읽었다. 내가 이 불편함을 견디고 거듭나면 나로 인해 불편한 사람들이 줄어들지도 모르니 예방약이라 생각하고 꿀꺽꿀꺽 삼키듯 읽었다. 이 책을 통해 한 가지 내 가슴 속에 박힌 것이 있다. 바로 불편한 과정을 회피한 채 서둘러 절충안을 찾고 합의하려는 강요된 화해는 안 된다는 점이다. 우리가 무언가에 대한 공통의 합의에 이르기 위해선 더 가차 없이 나의 '옳음'의 근거를 확보하고 상대방의 '틀림'을 논박하는 논의 과정을 받아들여야 한다는 저자의 목소리가 아직 내 귓가를 울리고 있다.

4장

슬기로운 교감 생활

대충
철저히!

나의 업무 스타일을 한마디로 정의하라고 한다면 '대충 철저히!'다. 언제부터인지는 모르겠지만 '대충 철저히'가 꽤 매력적으로 다가왔다. 교감이 업무를 너무 깐깐하게 보면 교직원들이 숨 막혀한다. 표정을 보면 안다. 교감과 밥 먹는 것조차 부담스러워한다. 이런 상황에서 슬기롭게 교감 생활을 하려면 어떻게 해야 하나 고민하다가 '대충 철저히!' 하면 좋겠다 싶었다.

'대충'은 말 그대로 대강, 대략적으로, 설렁설렁 업무에 임한다는 뜻이다. 살짝 빈틈도 보이고, 목숨 걸만큼 큰일 아니면 너무 깐깐하게 굴지 않겠다는 생각이다. '철저히'는 무슨 일이든 결국 내가 책임져야 하니 작은 일도 꼼꼼히 보고 확실하게 처리하자는 각오다. 교직원들에게 탓을 돌리는 것이 아니라 결국 최종적인 책임은 교감이 지는 것이니까 중요한 건은 여러 차례 되묻는 한이 있더라도 꼼꼼하게 처리하겠다는 의지다. 대충 철저히! 멋진 말이 아닌가. 교감으로 첫발을 디디면서 함께 일하는 교직원들과 잘 지내야겠다는 생각을 했다. 일 관계로 만나지 않았다면 참 편했을 텐데 업무 관계로 어쩔 수 없이 부딪치는 것이 교감과 교직원의 관계다. 슬기롭게 업무를 처리할 수 있는 방법 중의 하나가 대충 철저히!

"교감선생님, 선수들 간식을 사야 해서 조금 일찍 나가 봐도 될까요?"
"깜빡하고 집에 약을 두고 왔습니다. 잠깐 갔다가 와도 되나요?"
"교감선생님, 대충 보지 마시고 꼼꼼하게 봐주세요."

내 생각은 이렇다. 사람이 살다 보면 예상하지 못한 일들이 일어난다. 교직원도 마찬가지다. 교감에게 찾아와 어렵게 이야기하는 교직원들을 보면 오히려 내가 미안해진다.

"걱정하지 말고, 다녀와요."
"애가 아픈데 얼른 집에 가셔요, 수업은 어떻게든 조율해서 진행할 테니까요."

복무야 철저히 해야겠지만, 사람 사는 세상에 약간의 느슨함도 있어야 하지 않을까 싶다. 이 제목으로 글을 쓰다가 교무실에 들어온 체육부장님에게 물어봤다.

"체육부장님, 제가 대충 철저히 하는 부분이 뭐가 있을까요?"

단도직입적으로 물어봤는데, 바로 대답이 나왔다.

"교감선생님은 복무에 관해서는 대충 철저히, 교직원들의 편에 서서 편하게 해주는 것 같아요."

오늘처럼 비가 오고 연휴가 3일씩이나 이어지는 날이면 누군들 빨리 집에 가고 싶지 않겠나. 교직원들의 조퇴까지는 교감에게 위임된 권한이다. 쥐꼬리만 한 권한이지만 교직원들의 편에 서서 사용한다면 이것이 슬기로운 교감 생활이 아닐까 싶다!

교감,
자리를 찾다

처음 교감이 되었을 때는 교무실에 우두커니 있는 내 자리에 앉기가 낯설었다. 맞지 않는 옷을 걸친 듯한 느낌이라고 할까. 교실에 올라가 수업하던 습관이 몸에 밴 탓이다. 늘 학생들과 함께하는 교실과 달리 교무실은 교직원들과 함께한다. 그나마도 수시로 사람들이 들락날락한다. 자연히 교감의 자리가 눈에 띌 수밖에 없다. 고민이 되었다. 교감의 자리가 부담스러운 곳이 되어서는 안 된다. 반대로 있어도 그만, 없어도 그만인 곳이 되어서도 안 된다. 없으면 아쉽고 있으면 힘이 되는 곳이 되어야 하지 않을까 싶었다.

교감의 자리 중 가장 중요한 자리가 바로 '회의 자리'다. 학교는 의외로 회의가 아주 많다. 모든 회의가 그런 것은 아니지만 교감이 주관해야 하는 회의가 많다. 회의에서는 주로 학교 공동체 안의 문제를 다룬다. 교감은 구성원들과 함께 그 문제들을 풀어가는 촉매제 역할을 맡는다. 한 마디로 퍼실리테이터의 자리라고 보면 된다. 퍼실리테이터는 구성원들을 청중에서 적극적인 참여자로, 수동적 방관자에서 학습자로 끌어내는 역할을 한다. 학습자들이 동료와 상호작용을 하며 문제를 해결할 수 있도록 해야 한다. 퍼실리테이터의 핵심 능력 중 하나는 질문이다. 회의 자리에서 교감은 모두 다 아는 것처럼 말해서는 안 된다. 핵심적인 질문으로 문제 상황을 직시할 수 있도록 해야 한다. 퍼실리테이터는 공감 능력을 갖추어야 한다. 구성원들의 공감을 끌어내야 하기 때문이다.

추석 연휴의 바로 전날 오후, 교육지원청으로부터 긴급한 공문서가 접수되었다. 연휴 며칠 후에 제출해야 하는, 시기적으로 촉박한 긴급 문서였다. 코로나19 장기화로 우울감과 사회성 위축 등의 심리적 어려움을 겪는 학생들을 정서적으로 지원하기 위해 각 학교에 예산을 배부할 예정이니 계획서를 긴급하게 제출하라는 내용이었다. 공문의 취지에는 이의가 없었지만 시간적으로 너무 긴급했다. 오후쯤 되니 벌써 복무를 내고 고향으로 출발한 선생님들도 있었다. 어떻게 해야 되나 고민이 되었다. 일단 학교에 계신 교장선생님과 대략적으로 1차 협의를 하고 전체적인 안만 선생님들께 던지기로 했다.

"안녕하세요? 긴급하게 협의할 내용이 있어 이렇게 비대면으로 단톡방을 개설하게 되었습니다. (중략) 현재 학교에 선생님들이 계시지 않아 전체적인 안을 교장선생님과 협의해보았습니다. 선생님들의 생각에 조금이나마 도움이 되실 것 같아 협의한 내용도 함께 올리니 자유롭게 의견을 생각해주시고 추석 연휴 다음 날 다시 단톡방에서 회의를 열도록 하겠습니다."

　일단 급한 불은 껐다. 연휴이긴 하지만 다음 회의 날짜도 공지하고 회
의할 자료도 보내놨으니 내가 할 수 있는 일은 최대한 한 것 같아 한숨
이 놓였다. 얼마 뒤 교무부장님께서 개인적으로 전화를 주셨다.

　"교감선생님, 교무부장입니다. 다름이 아니라, 교장선생님과 1차 협
의한 내용을 보니 전체적인 방향과 개요가 잘 잡혀 있어서 다음 회의
는 제가 주도하면 어떨까 싶습니다. 선생님들의 입장에서는 교감선생
님 앞에서 자기 생각을 소신껏 이야기하지 못할 수 있으니 최대한 제
가 중재하여 학생들의 정서 지원이 원활히 이루어질 수 있도록 유도
해보겠습니다."

　순간 여러 가지 생각이 들었지만 교감이 반드시 단톡방에 있어야 하
는 것도 아니고 교무부장님이 그렇게까지 말했는데 그 의견을 뿌리치는
것도 예의가 아닌 것 같아 고맙다는 인사와 함께 선생님들에게 최대한
부담이 가지 않는 범위 내에서 회의를 진행하시고 만약 결과가 초안대
로 되지 않더라도 괜찮으니 열린 상태로 의견을 수렴해달라고 부탁드렸
다. 그리고 단톡방에서 빠져 나왔다.
　그 후 결과는 모두가 흡족할 만한 내용으로 정리되었다. 만약 교감인
내가 주도권을 주장하며 회의 전체를 끌고 가려 했다면 분명 선생님들
과 학생들이 만족할 만한 내용으로 정리되지 못했을 것이다. 학생들의
정서 지원을 위해 오페라 무대를 연상케 하는 음악회가 두 번씩이나 기

획되었고 지역의 특성을 살린 문화 체험과 심리적 안정감을 유도하는 식물 관련 프로그램도 진행할 수 있었다. 맞다. 교감의 자리는 어깨에 힘 주는 자리가 아니라 공감하는 자리다!

교감의
건강관리

　나이가 쉰쯤 되면 누구나 건강을 생각하게 된다. 아침마다 식사는 못 챙겨도 건강보조식품은 잊지 않는다. 뭐가 건강에 좋다고 하면 귀가 솔깃해진다. 건강은 한 살이라도 젊을 때부터 챙기라는 말이 피부에 와닿는다. 학교에서 근무하다 보면 건강에 신경을 쓸 겨를이 없다. 술과 담배를 전혀 하지 않았음에도 2년마다 하는 건강 검진 때는 혹시나 하는 걱정이 앞선다. 2021년에는 아내의 간곡한 부탁으로 생애 처음으로 대장 내시경 검사를 받았다. 위와 대장을 한꺼번에 살펴보는 수면 내시경 검사였는데, 검사 자체보다도 검사를 준비하는 과정이 고통스러웠다.

　학교에 가면 교직원들이 이구동성으로 말한다. 요즘 학교에서 가장 바쁜 사람이 교감이라고. 정말 온갖 일을 하다 보니 점점 컴퓨터 앞에 오래 앉아 있게 된다. 몸이 경직되는 것이 느껴진다. 손가락과 눈동자만

주로 움직이니 몸의 근육이 불균형하게 되는 것은 당연하다. 최대한 앉아 있는 시간을 줄이고 몸을 움직이려 노력하지만 그게 잘 안 된다. 컴퓨터 모니터의 높이를 조절하는 장치를 따로 구입해야 하나 싶기도 하다. 업무를 보면서 의도적으로 스트레칭을 하는 습관을 갖게 되었다. 자리에서 일어나 몸을 좌우로 비틀고 허리를 펴고 손을 아래로 늘리는 간단한 동작이다.

출퇴근에 40분가량을 쓰는 입장에서 운동할 시간을 확보하는 것이 쉽지 않지만 최대한 몸을 활용하여 간단하게라도 근력을 유지하려 한다. 헬스장에 가지 않더라도 온몸운동으로 체력을 유지하는 방법이 있으니 운동할 여건이 안 된다는 평계는 대지 말아야겠다. 수면은 밤에 최대한 활동을 자제하고 스마트폰을 멀리하면 확보할 수 있을 것 같다. 호흡과 이완, 휴식은 쉼과 관련된 것 같다. 쉼 없이 몸을 혹사하다 보면 결국 방전되는 때가 온다.

학교에 근무하면서 좋은 점은 점심마다 균형 잡힌 식사를 할 수 있다는 점이다. 우리 몸에 필요한 필수 영양소를 골고루 섭취할 수 있다. 다만 맛있는 식단이 급식으로 나오면 과식하는 경우가 있다. 식후 20분이 지나야 포만감이 느껴진다고 하니 당장 배부르지 않다고 해서 추가적으로 배식을 받으려 해서는 안 된다.

몸가짐 못지않게 관리해줘야 하는 것이 바로 마음가짐이다. 교감은 학교장과 밀접한 관계를 맺고 있어 희로애락을 피해갈 수 없으니까. 학교장과 지속적으로 손발을 맞추며 그의 학교 운영 철학과 방향에 따라 실무를 추진하는 것이 교감의 역할이다. 기분이 상할 수도 있다. 속상한 상황이 빚어질 때도 있다.

이때 중요한 것이 마음가짐이다. 어떻게? 온갖 불쾌한 일들이 공적인 업무로 인한 것임을 되새기며 개인적인 감정을 다스리는 것이다. 상대를 이해하고, 불편한 기분이 최대한 빨리 해소되도록 지혜를 발휘해야 한다. 마음먹기 나름이다. 사실 다른 직장인들도 업무 자체가 아닌, 관계를 힘들어한다고 한다. 관계는 마음가짐이다. 원망하고 불평할 것이 아니라 사람에 따라서는 이 사안을 저런 시각으로 볼 수 있겠구나, 하는 마음을 가진다면 스스로 건강을 지켜내는 방법이 아닐까 생각한다.

학교 안에는 교감이 신경 써야 할 일이 참 많다. 교직원과의 관계도 생각처럼 쉽지 않다. 교장선생님보다야 덜하겠지만 자칫하면 고립되고 고독할 수 있다. 좋은 일로만 만나는 관계가 아니기에 직장 안에서의 관계는 늘 살얼음판을 걷듯 조심조심해야 한다.

주변에 교감 생활을 몇 년간 한 분들을 만나보면 예전보다 힘이 없고 나이 들어 보이는 경우가 종종 있다. 아무래도 격무와 스트레스가 많은 생활 때문이 아닐까 싶다. 주어진 상황 속에서 좀 더 건강하게 나이 들어가는 법을 실천해보면 어떨까?

화장실에서
스쿼트를

하루에 몇 시간이나 교무실 책상에 앉아 있는지 계산해보았다. 8시간 근무 중에 점심 먹는 시간 30분, 화장실 가는 시간 30분을 합해서 한 시간 정도를 빼고는 대부분 책상에 앉아 있는 것 같다. 아마 다른 교감선생님들도 비슷하지 않을까 싶다.

하루 종일 컴퓨터 앞에서 올라온 공문을 검토하고 확인하고 결재하다 보면 시간 가는 줄 모른다. 허리가 아파오고 목이 뻐근해지면 '아차, 벌써 두 시간이 지났구나' 하게 된다. 뒤늦게라도 이때 일어나서 허리도 풀어주고 어깨도 돌리면서 휴식을 취해야 하는데 전화가 걸려오거나 행정실에서 교감을 찾으면 다시 일 모드로 돌아간다. 점심 먹을 때쯤이나 되어서야 잠깐 일에서 벗어나 주위를 돌아본다. 점심을 먹고 남은 시간에 쉬면 좋겠지만 산더미처럼 쌓인 일을 생각하면 다시 컴퓨터 앞으로 가게 된다. 오후라고 해서 형편은 나아지지 않는다. 오전보다 바빴으면 바빴지 한가하지는 않다. 선생님들도 수업을 마치고 오후부터 각자 맡은 업무를 처리하다 보니 오후 3시부터 퇴근까지는 결재로 올라오는 공문이 많게는 30건이 넘을 때도 있다. 에휴.

　교감 생활을 하루 이틀 할 것도 아닌데 이러다가 병 날 수 있겠다 싶다. 어떻게든 이 바닥에서 살아남아야겠다는 의욕을 불태운다. 신규로 발령받아서 온 교감이 퀭하고 비실비실해 보이면 안 될 테니까. 교무실 안에서 건강을 챙길 수 있는 방법이 뭘까 생각해보았다. 맞다, 스쿼트! 스쿼트는 특별한 공간 제약 없이 할 수 있는 운동이다. 한 시간마다 스쿼트를 10회씩 3세트만 해보자. 그러면 기분 전환도 되고 장기적으로도 건강에 좋겠다 싶었다.

　그런데 스쿼트라는 것이 엉덩이를 쭉 빼고 볼일 보는 자세로 앉았다 일어났다 반복해야 해서 교무실 안에서 했다가는 다른 직원들이 보기엔 민망할 것 같았다. 그러면 어떻게 해야 하나. 아무도 없는 곳에서 하면 된다. 내가 생각해낸 장소는 화장실이다. 학교라는 곳이 학생들 중심으로 구성된 공간이다 보니 일과 중에 빈 공간을 찾기가 어렵고 사람이 다니지 않는 곳을 찾기는 더 어렵다. 교무실과 가깝고 아무나 들어오지 않는 화장실 칸이 스쿼트를 하기에 최적의 장소였다.

　장소를 찾았으니 이제 실천이다! 단, 문제점이 있다. 우선 냄새가 썩 좋지 않다. 특히 누군가가 큰 일을 보고 난 직후라면 마음의 준비를 해야 한다. 다행히도 나는 천성적으로 후각이 둔하니 넘어갈 수 있다. 그런데 문제는 또 있다. 양복바지가 너무 타이트해서 자세를 잡는 게 여간 어려운 것이 아니라는 점이다. 교감이다 보니 옷을 아주 편하게 입을 수 없다. 학교를 찾는 외부인도 있고 간혹 교육청 관계자도 오는데 교감이 편한 차림으로 맞이하면 당혹스럽지 않겠나. 그래서 출근할 때면 늘 정장 차림을 갖춰 입고 나온다. 그런 복장으로 스쿼트를 하려니 정말 조심스럽다. 잘못하다간 엉덩이가 찢어질 수도 있고 무릎이 나올지도 모른다. 그래도 이런 것만 조심하면 화장실 안에서 충분히 스쿼트를 할 수 있다.

참고로 내가 화장실에서 스쿼트를 한다는 것은 비밀이다. 이 사실이 알려지면 교직원들이 경악할 테니까. '참, 취향이 독특한 사람이네' 하며 이상하게 쳐다볼 수 있다. 그래도 교감 업무를 무난히 수행하기 위해서는 건강부터 챙겨야 한다. 슬기로운 교감 생활에서 놓치지 말아야 할 부분이다.

교감,
실재감을 찾다

학교 현장에서 교감은 실재감이 없다. 현장에 있는 교감선생님들이 들으면 욕을 얻어먹을 말이지만 내 진솔한 생각이다.

교감이 하는 일은 무척 많다. 그런데 일하는 것에 비해 실재감이 없다. 왜일까? 교감의 역할이 생생하게, 구체적으로 다가오지 않기 때문이다. 민원만 해도 그렇다. 민원 전화 대부분이 교무실로 걸려온다. 전화를 받는 건 교감인데 교실에 계시는 선생님들로서는 교감이 각각의 민원마다 얼마나 고심하는지, 또 이를 어떻게 처리하는지 알 수 없다. 민원인을 맞는 일도 교감이 한다. 수업이 이루어지는 교실에 함부로 외부인을 올려보낼 수 없기 때문이다.

민원 전화, 민원인을 1차적으로 상대하고 최대한 해결하는 쪽으로 진행하다 보면 하루가 다 간다. 다른 선생님들에게 교감은 '급한 일을 처리하는 사람' 정도의 실재감밖에 없을 것이다. 학부모에게도 교감은 실재 감이 없다. 최대의 관심사는 자신의 자녀가 학급에서 어떻게 생활하는 지, 또 담임선생님과 어떤 관계를 맺고 있는지일 테니까. 그러니 교감은 일만 하는 사람, 행정적인 문서만 처리하는 사람으로 취급되기 십상이 다. 결국 교감으로서 실재감을 찾기 위해서는 스스로 노력하는 수밖에 없다. 내가 기울인 노력들을 이 자리에 소개한다.

첫 번째는 적극적으로 교육 구성원 모두와 소통하는 일이다. 학교마 다 교육 구성원들과 소통하기 위한 소통채널을 구축한다. SNS 안에서 존재감을 드러내는 일이 중요하다. 학교의 일들이 올라올 때마다 댓글 을 달아 교감의 생각을 적극적으로 표현하는 것이 좋다. 칭찬과 격려의 글을 남겨도 좋고, 깊이 있는 댓글을 간략하게라도 남기면 금상첨화다. 요즘 학부모들은 학교에 관심이 많다. 특히 SNS 안에서 활발하게 정보 를 얻고 의사를 표현한다. 코로나19로 대면이 어려워진 탓에 학부모와 교사는 온라인 공간에서 더 자주 만나게 되었다.

2021년에는 '책 읽기 마라톤' 관련 행사를 직접 홍보했다. 원래 독서 를 좋아했기에 힘들게 생각하지 않고 적극적으로 전면에 나섰다. 해당 기관에 전화를 걸어 담당자와 통화한 적도 있다. 아이들이 찾아가 책을 대출받을 수 있는 환경이 아니니 그쪽에서 와줄 수 없냐고 부탁하기 위 해서다. 책 읽기 행사는 많은 이들이 참가해야 의미가 있기에 학교의 부 탁을 외면할 수 없으리라는 판단이 깔려 있었다. 적중했다. 학생들이 먼 거리를 오가지 않아도 독서를 인증 받을 수 있게끔 최대한 편의를 봐주 겠다는 답을 받았다.

이제 학생들이 자발적으로 참여할 수 있도록 동기를 부여하는 일이 남았다. 결국 선생님들이 움직여야 했다. 선생님 개개인에게 책 읽기 마라톤을 해야 하는 이유를 설명 드리고 부드럽게 협조를 부탁했다. 교감이 이렇게 적극적으로 나서는데 안 도와줄 선생님은 없다. 생각 외로 많은 학생들이 신청했다. 교직원들도 동참했다. 학부모의 관심을 끌어내기에도 책만큼 좋은 도구가 없다. 자녀가 책을 읽도록 하겠다는데 싫어할 부모가 어디 있겠는가.

겉으로는 담당 선생님이 이 행사를 수행한 것처럼 되었지만 결국 교감이 존재감을 드러낸 일이었다. 작은 일이라도 교감의 실재감을 드러내는 일은 의외로 많을 수 있다. 그렇다고 실재감이 부담감으로 작용해서는 안 되겠다.

두 번째는 교육과정 운영과 수업에 참여하는 일이다. 교감도 20년 넘게 아이들을 가르쳐온 교사다. 수업에 관심을 가지고 함께 참여하는 것은 교사들에게 교감의 실재감을 드러내는 방법 중에 하나이다. 물론 수업을 공개하는 선생님과 사전에 협의하고, 공개 수업 시간에는 그 선생님을 존중하는 마음으로 자리에 임해야 한다. 사실 그렇게 해도 부담감이 적지 않을 것이다. 그러나 교감이 수업에 관심을 두지 않으면 교사들과 관계를 맺기는 더 어려울 거라 생각한다. 공통의 관심사가 없다면 형식적인 만남 외에는 더 가까워질 수 없기 때문이다. 교육과정의 일선에서 함께 고민하는 모습을 보일 때 교감의 실재감은 두드러지게 된다.

세 번째는 학생과 관련된 사안, 학부모와 관련된 사안으로 교사가 골치를 썩일 때 앞장서서 나서는 일이다. 이를 통해 교사의 편에 교감이 있구나, 교사가 힘들 때 교감이 도와주려고 애쓰는구나 하는 느낌을 받게 해야 한다. 사건의 현장에 교감이 나서야 한다. 그늘이 되어주고 바람

막이가 되어주어야 한다.

'교감선생님이 없으면 불안해요'라든지, '교감선생님이 있어야 일이 잘 풀린다'라는 생각이 들 수 있도록 실재감을 스스로 만들어가야 한다. 남이 세워주는 것이 아니다. 자신이 만들어야 한다.

우리,
뭘 먹죠?

학교에 근무하면 좋은 점이 몇 가지 있다. 다들 아시겠지만, 퇴근 시간이 다른 직장보다 한 시간 이르다. 학생들의 급식을 지도하는 점심시간도 근무 시간에 포함된 결과다. 또 한 가지 좋은 점은 급식이다. 매일매일 균형 잡힌 식단이 엄선되어 나오는 영양 만점의 급식을 먹을 수 있다. 학생들 덕을 보는 셈이다. 급식비는 당연히 월마다 행정실에서 스쿨뱅킹으로 인출해가니 양심의 가책을 받을 필요도 없다.

직장인들 중에는 아침을 간단히 먹거나 아예 먹지 않고 출근하는 경우가 많다. 나도 예외가 아니다. 아침은 바나나 반쪽, 삶은 고구마나 감자 한 개, 사과 몇 조각 정도다. 그러니 자연스레 점심 식사가 기다려진다. 교무실에 있다 보면 조리실에서 음식 냄새가 솔솔 풍겨온다. 입 안에 군침이 고인다. 예정된 교직원 급식 시간이 정해져 있음에도 불구하고

2~3분 일찍 급식실로 올라간다. 어떻게 하면 좀 더 허기진 배를 채울까 싶어서.

그런데 급식에는 치명적인 문제가 있다. 바로 방학이다. 방학 중에는 학생들이 등교하지 않으니 당연히 급식도 실시되지 않는다. 그러다 보니 방학 중에 출근하는 교감이나 교무실, 행정실 직원들은 점심을 자력으로 해결해야 한다.

"교감선생님, 오늘 뭘 드시겠어요? 짜장면? 짬뽕?"
"오늘 누가 사시는 건가요?"
"네. 오늘은 교장선생님께서 사주신다고 하셨어요."

방학 날 출근해서 오전 11시쯤 되면 어김없이 오늘 밥은 뭘로 할 거냐고 묻는다. 한두 번이야 얻어먹을 수 있지만 교감 체면에 늘 받아먹기만 하는 것도 아닌 것 같아 남이 한 번 살 때 교감은 두 번 사는 식으로 식사를 하게 된다. 메뉴도 정하고, 식당도 정하고, 코로나19로 인해 사람이 적게 오는 곳도 찾아야 하다 보니 방학 중 식사하는 것이 제법 큰일이 된다. 식사 때마다 서로 눈치를 보고 부담을 갖는 것만큼 곤욕이 없다. 그래서 내 나름대로 해결책을 찾았다. '각자 도시락 싸오기'이다. 거창하지는 않지만 썩 괜찮은 방법이다. 요즘은 간편 조리식도 많이 나오는 데다 상할 염려도 없다. 마침 내가 근무하는 교무실에는 간단하게 음식을 데울 수 있는 인덕션이 있어 마음만 먹는다면 모두가 각자 싸온 도시락으로 방학 중 즐겁게 식사할 수 있다.

"행정사님, 우리 겨울방학부터는 각자 도시락을 싸와서 식사하는 것이 어떨까요?"

"네. 저희도 매번 얻어먹는 게 살짝 부담이 되었어요."

"가끔, 교무실에서 특식도 해먹어요."

"네! 좋아요."

교감이 먼저 결정을 내려야 한다. 겨울방학 때에는 슬기롭게 식사를.

X세대 교감의
Z세대 바라보기

학교에 젊은 교사들이 유입되고 있다. 강원도 A시는 한때 신규 교사를 포함한 20대 교사 비율이 전체 교사의 50퍼센트를 넘을 때도 있었다. 3년간 그들과 함께 근무하면서 꽤 속앓이를 했다. Z세대를 이해하지 못한 결과였다.

굳이 따지자면 나는 X세대다. 당시에는 기성세대가 X세대를 바라보는 시각도 곱지 않았다. 개성이 강한 세대라고 여겨졌으니까. 그런 X세대가 이제 젊은이들과 교감해야 한다. Z세대 신규 교사들을 이해하는 일이 그다지 어려울 것 같지도 않은데 막상 접해보니 부딪히는 게 꽤 많았다.

코로나19로 인해 학교의 근무 문화는 전과 비교할 수 없이 달라졌고, 또 달라지는 중이다. 수업 형태도 이제는 원격 수업이 자연스러울 정도다. 이런 비대면 시대에, X세대들이 우왕좌왕할 때 Z세대들은 물 만난 고기처럼 유감없이 실력을 발휘하고 있다. 이제 Z세대에게 배워야 할 정도다. X세대인 나의 사고방식과 행동도 변화가 불가피할 것 같다.

Z세대는 느슨한 연대와 인간적 거리두기를 기본으로 여기는 세대다. 직장 안에서 촘촘한 인간관계를 거부한다. 자신과 비슷한 취향의 사람들과 어울리되 가급적 거리두기를 원한다. 사생활 언급은 특히 주의해야 할 사항이다. 타인의 과도한 친절, 예고 없는 접근을 흔히 하는 말로 '선을 넘는 것'으로 받아들이기도 한다. 기성세대가 당연하게 여기는 모임도 제대로 된 설명 없이 참여시키면 강요라고 생각할 수 있다.

Z세대는 또한 수평적 상호 존중의 문화, 성과와 결과로 말하는 문화, 가치 있는 헌신의 문화를 요구하는 세대다. 조직에 대한 무조건적 헌신이나 관계와 서열을 강조하는 문화를 이해하지 못한다. 수평적 조직 문화의 대명사로 일컬어지는 한 기업은 창업자를 포함한 임직원 모두가 똑같이 영어 이름을 부르며 평등한 직장 구조를 실천한다고 한다. 임직원이라고 해서 별도의 근무실을 두지도 않는다고 한다. Z세대가 원하는 직장 조직 문화는 이런 것이다.

그렇다면 학교는 어떻게 해야 할까? 예전보다 민주화되었다고는 하지만 공무원 조직의 특수성으로 인해 수직적 구조를 깨기는 쉽지 않다. 그럼에도 실천할 수 있는 범위 내에서는 조정해야 하지 않을까 싶다. 예를 들어 나이나 위계를 필요 이상으로 강조하는 분위기를 만들지 않기, 강제로 회식하지 않기, 꼰대로 표현되는 기성세대의 논리를 주입하지 않기 등은 충분히 가능할 것이라 본다.

Z세대는 자신의 이야기를 경청하고 칭찬과 격려를 아끼지 않는 사람

을 따른다고 한다. 교감의 위치가 '듣는 위치'여야 함은 분명하다. Z세대
뿐 아니라 다른 교직원들도 마찬가지다. 어떤 일에 시정을 요구할 때 교
감은 수정할 수 있는 부분과 그렇지 않은 부분을 분명하게 설명해주어
야 한다. 의견을 무시하는 모습을 보일 때 Z세대는 참지 못한다.

　이제 학교는 Z세대와 함께 일하는 법을 논의해야 한다. 그들의 행동을
이해하고 그들이 마음껏 자신의 특기를 살릴 수 있도록 동기를 부여해
야 한다. X세대인 교감이 바라보았을 때 Z세대는 다를 뿐이지 틀린 것
은 아니다.

학교의 마른하늘엔
날벼락이 잦다

"오늘부터 긴 연휴가 시작됩니다. 혹시 연휴 기간 중에 학생과 관련하여 급한 일이 있다면 주저하지 말고 교감에게 연락해주세요. 코로나19와 관련하여 보건당국으로부터 검사를 받으라는 통보가 있을 경우에도 꼭 연락해주기 바랍니다."

가정의 달 5월을 맞이하여 학교장 재량휴업일로 제법 긴 연휴에 들어가기 전에 교직원에게 간단히 공지한 내용이다. 교직원들은 연수 또는 휴가에 들어가지만 교감은 코로나19 심각 단계인 현 시점에서 비상 대기해야 한다. 만에 하나 있을 일에 대비해서.

어린이날 밤 9시, 생활쓰레기를 버리러 밖에 나갔다가 돌아왔는데 휴대폰에 부재중 전화가 찍혀 있었다. 우리 학교 선생님의 번호였다.

휴일. 저녁. 밤 9시. 학교 선생님. 전화?

예감이 좋지 않았다. 좋은 일이 아닌 게 분명했다. 코로나 확진? 전화
해보았더니 통화 중이다. 아마 교감이 전화를 안 받으니 다른 분께 전화
를 거는 중인 것 같다. 불안했다. 침착, 침착하자. 호흡을 조절하며 전화
가 다시 걸려올 때까지 기다렸다.

따르릉. 왔다. 그 선생님이다.

"네. 선생님!"
"교감선생님, 급한 일이 생겼습니다."

전화 내용은 이렇다. 우리 학교 학생들이 길거리에 떨어진 신용카드
를 주웠는데, 이걸 가지고 근처 편의점에서 간식을 사먹었단다. 신용카
드를 분실했던 주인은 카드 사용을 알리는 문자가 수신되자 해당 편의
점으로 달려갔고, CCTV를 통해 범인들의 신원을 확인했다고 한다. 뒤
늦게 이 일을 알게 된 학생들의 담임선생님이 밤 9시에 연락을 해온 것
이다. 이 일을 어쩌나.

긴급 소집된 회의에서는 선도위원회를 열어야 한다, 학부모를 만나
야 한다, 해당 학생들을 불러다 혼쭐을 내야 정신을 차린다, 담임선생님
이 조용히 이야기하면 된다 등등 여러 의견이 나왔다. 그나저나 이 녀
석들은 얼마나 배고팠기에 겁도 없이 주운 카드로 군것질을 한 것일까.
CCTV가 있는 줄도 몰랐나. 이미 부모님들도 알게 되어 피해자에게 사
과를 드렸다고 한다. 이 녀석들은 아마도 집에서 혼쭐이 났을 거다. 그런
데 학교에서 또 야단을 쳐야 하나? 선도위원회를 열어 징계? 여러 생각

이 교차했다.

학교는 언제 어떻게 무슨 일이 일어날지 아무도 예측할 수 없는 곳이다. 길거리에 떨어진 신용카드를 주워 편의점에 가서 군것질을 할 거라고 누가 예측할 수 있겠는가. 이렇게 돌발 행동을 하는 아이들을 어떻게 해야 되나?

담임선생님도 늘 긴장할 수밖에 없고 민원을 주로 담당하는 교감도 퇴근 뒤에 걸려오는 담임선생님의 전화에 가슴이 덜컥 내려앉는다. 교육적으로 어떻게 해결할 수 있을지 고민에 빠지게 된다. 오늘 밤, 잠은 다 잤다!

이 말썽쟁이를
어찌할까

학교 안에서 아이들끼리 싸우는 일은 이제 놀랄 일도 아니다. 교사가 알지 못하는 다툼이나 관계에서 빚어진 갈등도 많아졌다. 분노를 표출하는 아이들, 교사의 생활지도에 따르지 않고 반항하는 아이들도 계속 늘고 있다.

"교감선생님, ○○○이 수업에 안 들어왔습니다. 죄송하지만 학급에 가셔서 전담실로 보내주세요."
"네. 알겠습니다."

해당 학급으로 올라갔더니 문제의 아이는 담임선생님과 함께 있었다. 담임선생님이 뭐라고 말씀하시는 것 같은데 아이는 듣는 둥 마는 둥 꿈

짝도 않고 있었다. 전담실로 가지 않고 버티는 학생을 담임선생님이 설득 중이라는 것을 단박에 알 수 있었다. 담임선생님도 어쩌지 못하는 아이를 교감인 내가 어떻게 할 수 있겠냐마는, 전담선생님의 부탁을 받은 상황이라 일단 부딪쳐보기로 했다. 친절한 담임선생님과는 정반대로 무작정 엄한 목소리로 말했다.

"일어서. 일어서. 따라와."

쭈뼛쭈뼛하면서 일어나는데 거북이보다도 느리다. 걸음도 숨 막힐 정도로 느려서 한참 만에야 겨우 교실 밖으로 나온다. 전담실까지 보통 걸음으로 1분이면 족한데 5분이 넘게 걸렸다. 혹시나 들어가는 시늉만 하고 다시 제 교실로 돌아갈까 싶어 전담실로 들어가는 것을 확인하고서야 뒤돌아섰다. 교감까지 나선 상황이니 담임선생님은 속이 까맣게 타들어갔을 것이다. 아이는 왜 전담실에 들어가지 않으려고 했을까?
이때 가졌던 의문의 답은 나중에 접한 교육 관련 책에서 얻었다. 《오늘부터 시작하는 회복적 생활교육》에서 저자는 생활교육의 패러다임을 응보적 관점에서 회복적 관점으로 전환하라고 말한다. 생활교육이 필요한 어떤 사건이 발생했을 때는 학생들을 원 형태로 둘러앉혀 다 함께 대화해볼 것을 권유한다. 발언권을 공평하게 나누며 학급 안 모든 구성원이 중재의 시간을 갖는 것이다. 중재의 원칙은 상호존중이다. 담임교사는 중재자로서 학생들이 감정을 털어놓고 솔직한 속내를 말하게끔 이끌어야 한다. 학급 안에 생긴 문제는 반드시 대화로 해결한다. 중재를 통해 학생들의 감정과 공감을 끌어내는 작업에는 인내심이 요구되기에 결코 강요가 들어가서는 안 된다. '일어서. 일어서. 따라와' 같은 강압적인 명령은 공감을 방해한다. 아이의 감정을 이해하는 데에는 전혀 도움이 되지 않는다.

"잘못한 학생을 교실 밖으로 쫓아버리면서 어떻게 그 학생이 교실 안에서 잘 행동하길 기대할 수 있을까?"

학급 공동체에서 한 아이도 잃지 않으려면 학생의 행동을 교실의 전원이 논의할 수 있어야 한다. 동그랗게 둘러앉는 것은 교실 속 아이들의 목소리로 문제를 다루기 위함이다. 문제의 학생을 교실에서 배제하는 대신, 그 학생이 정확히 어떤 영향을 주었는지 함께 이야기하면서 공감 능력을 키우도록 해야 한다. 행동의 변화를 기대한다면 교사가 직접 이야기하는 것보다는 학생 스스로 이야기하도록 하는 것이 낫다.

"갈등은 학생이 자기 행동의 결과를 깨닫는 기회다. 자기 행동에 책임지는 의무를 배우는 기회다. 잘못을 바로 잡기 위해 실천하는 기회다."

생활교육은 규정만으로 해결될 수 없다. 규정의 가장 큰 단점은 큰 그림을 보지 못하고 금지하고자 하는 구체적 행위에 집중한다는 점, 또 학생이 하지 말아야 할 것을 구체적인 상황에서만 적용하려 한다는 점이다. 규정에서 제시하는 정신은 가르치되 규정에 나와 있는 세세한 문구에 갇혀서는 안 된다. 더불어 교사는 학생들에게 하지 말아야 할 것을 주입하는 대신 긍정적인 생활습관을 갖도록 유도해야 한다. 금지할 것만 바라보면 교사는 선입견을 갖게 될 확률이 높아진다. 교사의 머리에 그 학생에 대한 선입견이 생성되면 학생의 변화를 꾀하기 힘들어진다.

멘토가
되자

교감으로 발령받은 뒤 한 학기를 보냈다. 주위의 걱정과 염려와는 반대로 신나게, 건강하게 지낼 수 있었다. 삼척이라는 근무지의 특성 덕도 있겠지만 무엇보다도 교장선생님을 비롯한 교직원분들의 사랑과 배려, 관심과 지원 때문이 아니었을까 싶다. 감사한 마음을 잊지 않고 나 또한 베풀며 섬겨야겠다. 교감의 역할이 바로 이게 아닌가 싶다.

뜬금없이 내 어렸을 적 아픈 기억들이 떠올랐다. 시간이 흘러도 잊을 수 없는 기억들이 있다. 상처가 되었고 수치심과 열등감이 한동안 나를 지배했다. 어린 시절 나를 따뜻하게 대해주는 안정감 있는 어른이 절대적으로 필요했지만 그런 사람을 만날 수 없었다. 나를 도와줄 이가 없으니 살기 위해서는 내 스스로 노력해야겠구나, 하는 생각을 남들보다 일찍 가졌던 것 같다.

초등학교 때는 가난한 가정환경이 들통날까 봐 친구들 앞에서 거짓말을 하기도 했다. 중학교, 고등학교 때도 마찬가지였다. 집으로 친구들을 초대한 적이 없다. 월세로 사는 집을 친구들에게 보여주기가 싫었다. 집에 있는 가전 도구라 해봤자 곤로(취사도구) 하나, 이불 보따리 옷 보따리 짐 몇 개, 숟가락과 젓가락을 비롯한 부엌 도구가 전부였다. 부엌이 없고 방 한 칸만 있는 집에도 살아봤다. 거주지가 자주 바뀌니 친구들에게 알려줄 집 주소도 없었다. 나를 둘러싼 열등감을 들키지 않기 위해 노력해야했다.

대학교에 들어가니 나를 아는 사람이 없어 오히려 좋았다. 내 입으로 이야기하지 않는 이상 아무도 나에 대해 알 수 없었다. 참 편했다. 그러던 중 인생의 어른을 만났다. 내 이야기를 들어주고, 무조건 이해해주고, 받아주는 어른을 만났다. 대학 4년 동안 참 많이 울었던 것 같다. 내 안에 있는 분노를 눈물로 씻어냈던 것 같다. 내가 겪었던 고통과 아픔을 눈물로 감쌌던 것 같다. 감사한 분들이고 평생 은혜를 갚아도 갚지 못할 분들이다.

스트레스를 받거나 충격을 받아 휘청할 때 다시 나를 일으키고 어려움에 효과적으로 대처할 수 있는 사람을 만나는 게 중요하다. 학교에 근무하는 선생님들, 교직원분들이 생각난다. 한 학기를 보내며 말 못할 아픔과 상처로 마음고생 했던 이들이 많았을 것이다. 학생과의 관계로 힘들어하며 몇 날 며칠을 고심했을 선생님이 있을 것이고 학부모와의 관계로 오랫동안 목 안에 가시가 걸린 것처럼 불편하게 지낸 선생님도 계실 것이다. 선생님뿐이겠는가. 행정실 직원, 교육공무직, 교직원들 모두 속상했던 일들이 왜 없겠나. 그럼에도 불구하고 다시 일어나 맡겨진 역할을 감당할 수 있었던 것은 주변에 내 이야기를 들어주고, 무조건 이해해주고, 받아주는 동료와 지인, 어른이 있었기 때문이 아닐까 싶다.

교감으로서 내가 해야 할 역할은 무엇일까? 교직원분들이 나를 찾았을 때 안전하고 보호받는다는 느낌을 받을 수 있게끔 든든한 울타리가 되어드려야겠다는 생각이 든다. 판단하기보다 이해하고, 무조건 들어주는 자세를 가져야겠다는 생각이 든다. 아주 쉬울 것 같지만 막상 현실에서는 실천하기 녹록치 않다는 것을 안다. 그래도 모르는 것과 아는 것은 다르다. 실천할 수 있도록 노력한다면 좀 더 나은 교감이 되지 않을까 싶다.

부정적인 삶의 경험은 고스란히 뇌에 저장된다고 한다. 무섭다. 잊히지 않는다는 이야기다. 부정적인 사건보다도 더 무서운 것은 사건 당시 상대가 보인 냉소적인 반응이 더 아프고 상처가 된다는 점이다. 헉! 한 학기를 돌아보며 상처를 준 이가 없는지 스스로 반성해본다. 나를 두려워한 나머지 과도하게 눈치를 본 교직원은 없었을까? 설마. 아니, 아니다. 설마가 사람 잡는다.

상대방의 마음을 이해하고 공감하며 서로 잘 지내는 것도 중요하지만 먼저 자신의 감정을 우선순위에 두고 섬세하게 살펴보라고 권하고 싶다. 내 앞가림도 못하면서 어떻게 주위를 돌아볼 수 있을까. 감정은 해결해야 하는 것이 아니라 느끼는 것이라고 한다. 가정에서 아내에게 야단(?) 맞는 것 중에 하나가 해결하려 들지 말고 공감해달라는 것이다. 무슨 사건이 있으면 나는 무조건 단시간 안에 해결하려는 습관이 있다. 아내는 들어달라고 한 건데, 함께 공감해달라고 이야기한 건데. 교직원분들도 마찬가지가 아닐까? 물론 책임감을 가지고 해결할 일은 해결해야겠지만, 속상한 마음을 토로하고 싶을 때 들어주고, 무조건 이해하려는 자세가 필요하겠다. 훈련해야겠다.

내가 생각하는
노후

내가 아직 교감이 되기 전의 일이다.

가을운동회의 총연습을 하던 날이었다. 교장선생님의 지시에 따라 내 나름대로 준비를 열심히 했다. 마지막 젖 먹던 힘까지 계획을 세워 총연습을 진행했는데 연습이 끝나고 돌아온 건 왜 그 모양밖에 못하냐는 야단이었다. 당시 체육부장이었던 나는 짜증 섞인 목소리로 질타하는 교장선생님이 이해가 되지 않았다. 옆에 계시던 교감선생님까지 고개를 갸웃하며 "이 정도로 준비했는데 칭찬하지는 못할망정 너무하신 것 아닙니까?" 하고 나를 두둔해주실 정도였다.

두 분 사이에 끼인 나는 쥐구멍에라도 들어가고 싶은 심정이었다. 원망스럽기도 하고 허탈감도 들었다. 다 때려치우고 싶었다. 내일모레면 운동회인데 이제 와서 마음에 안 든다고 하시니 난감했다. 시간적으로도 부족했고, 뭔가를 고칠 의욕도 없었다. 그 후 가을 운동회는 어찌어찌 잘 마쳤다. 그런데 얼마 뒤, 교장선생님에 대한 앙금이 채 사라지기도 전에 그분께서 '암' 진단을 받으셨다는 이야기를 들었다.

다시 출근하신 교장선생님은 해쓱해진 모습이었다. 입고 오신 양복은 그대로인데 항암 치료로 살이 빠져서 그런지 헐렁해 보였다. 괜히 마음이 안쓰러워졌다. '운동회 총연습 날 화를 내신 게 몸이 좋지 않다는 징조였구나.' 그분을 원망한 나 자신이 부끄러웠다. 이제 퇴직하고 노후를 건강하게 즐길 일만 남았는데 생각지도 못한 암 진단을 받으셨으니 얼마나 놀라셨을까. 남 일 같지가 않았다. 그 학교를 떠나고 나중에 소식을 들어보니 교장선생님은 퇴직하고 얼마 안 있어 돌아가셨다고 한다. 세상이 허무하게 느껴졌다.

계산해보니 나도 이제 정년이 13년 남았다. 노후에 할 일을 슬슬 준비해야 할 때다. 무엇보다 건강이 우선이지만 건강을 위해서는 노후에 뭐라도 해야 되지 않을까 싶다. 그래서 생각한 것이 바로 퇴직 후 '도서관으로 출근하기'다. 내 시력이 얼마나 뒷받침될지 모르겠으나 나는 퇴직 후 동네 도서관을 직장 출근하듯 다닐 예정이다. 내가 좋아하는 책을 읽은 뒤 서평도 쓰고, 기회가 되면 독서 동아리에도 가입해서 사람들과 함께 소통하는 시간을 갖고 싶다.

조금 더 욕심을 내보면 직접 책을 써서 현역 못지않게 작가로서 왕성하게 살고 싶다. 내가 롤 모델로 삼은 분이 있다. 인격의학을 발전시킨 스위스 의사 폴 투르니에다. 그는 환자를 대할 때 상대를 한 사람의 인격체로 대했으며 독서 상담을 통해 환자 스스로가 자신의 존재를 깨달을 수 있도록 조언해주었다. 그는 여든의 나이에도 출판사로부터 책을 써달라는 청탁을 받을 정도로 활발한 집필 활동을 이어갔다. 그 이유는 모험 정신을 유지하고 싶었기 때문이다. 나이가 든다는 것은 신체적 능력이 떨어지고 정신이 노쇠해진다는 의미이지만 폴 투르니에가 말한 것처럼 새로운 모험을 시도하지 않는다는 뜻이기도 하다. 현실에 안주하려는 마음의 태도가 스스로를 노년으로 규정하는 것이다. 나도 나이가 들수록 행동반경이 줄어들 것이 분명하다. 성취보다는 존재함에 의미를 두어야 하는 때가 도래할 것이다. 잃어버린 젊음을 찾기 위해 안간힘을 쓰거나 후회하며 아쉬워하기보다 움직임은 둔해질지언정 노년에 누릴 수 있는 장점인 살아있는 정신으로 존재의 깊이를 만들어감에 만족을 누리며 또 다른 모험의 삶을 살아가야 하지 않을까 싶다.

끝으로 모험 중에 최고의 모험은 한 번도 가보지 않은 길, 죽음인 것 같다. 살아생전 누구도 죽음을 경험해보지 못했기에 죽음으로 나아가는 삶도 모험이라고 볼 수 있다. 죽음도 잘 준비해야 한다. 죽음을 두려워할 대상으로 여기며 애써 회피할 것이 아니라 죽음을 통한 또 다른 삶을 기대하며 주어진 삶 속에서 의미 있는 시간을 지속해가는 것이 모험으로 사는 인생이 아닐까 싶다. 그렇다면 분명 개인마다 '헌신할 가치가 있는 목표'가 있어야 한다. 자신을 바칠 수 있는 목표가 있는 삶이 진정 복된 삶이다. 과학과 기술의 발전으로 삶이 과거보다 윤택해졌음에도 불구하고 많은 이들이 공허함을 느끼는 이유는 문명의 발전과 상응하는 '정신적인 보충'이 없기 때문이다. 모험으로 사는 인생은 두려움 없는 삶이 아니다. 두려움이 예상되지만, 앞으로 나아가는 삶이다. 모험으로 사는 인생은 성공하느냐 실패하느냐의 문제가 아니라 인생의 목적이 어디에 있는가의 문제다. 나는 훗날 내 묘비에 이런 글귀를 남기고 싶다.

묘비명: 남들이 가지 않는 길, 누구도 알아주지 않는 좁은 길을 따라 희생과 섬김의 정신으로 살아간 영원한 교사 이창수.

2021년 신축년 새해 들어서 내 최대의 관심사는 교감 발령 여부였다. 일기장을 보면 이런 내용이 한 줄이라도 적혀 있었다.

'2월 1일에 있을 예정인 도인사 발령 명단이 기대가 된다. 이곳에 남을지, 교감 승진하여 근무지를 옮기게 될지. 초조해하기보다 담담히 기다리며 준비해야겠다.(2021.1.7.)'

《일주일 회장》이라는 어린이 동화책을 읽었다. 교감의 역할, 교감이 가져야 할 자세, 다시 생각해보게 된다. 교직원들을 섬기는 일꾼의 마인드를 갖지 않는다면 시대를 쫓아갈 수 없을 것이다.(2021.1.26.)'

'벌써 1월의 마지막 주 수요일이다. 교감 발령 여부도 이제 며칠 안 남았다. 기대가 된다.(2021.1.27.)'

'2018년에 함께 교감 연수를 받았던 선배님께 연락이 왔다. 정보에 의하면 나까지는 안정적이라고 하던데….(2021.1.28.)'

'교감 발령 D-3이다. 책을 읽어야겠다는 생각에 온통 빠지며 살고 있다.(2021.1.29.)'

'교감 발령 D-2이다. 다음 주 월요일이면 새로운 분위기가 연출될 것 같다.(2021.1.30.)'

발령 나기 전날 밤잠을 설쳤다. 태연한 척했지만 머릿 속에는 별의별 생각이 다 들었다. 2021년 2월 1일. 아침이 밝았다. 올 것이 왔다. 초조했지만 그렇다고 해서 내가 할 수 있는 일은 아무것도 없었다. 그냥 기다리는 수밖에. 출근하지 않고 집에 머물러 있었다. 발령 공문이 오면 학교에서 연락이 오겠거니 하며 침착하게 기다리고 있었다. 시간이 어찌나 길게 느껴지던지. 핸드폰에 벨 소리가 들렸다. 화면에 보이는 이름은 교감선생님이셨다. 올 게 왔다. 떨렸지만 침착하게.

"네. 교감선생님! 안녕하세요?"
"교무부장님, 발령 공문 보셨어요?"
"아니오, 아직 못 봤습니다."
"그렇군요. 근데 부장님 어떻게 하죠?"
"네? 무슨 일이 있나요?"
"발령이 났는데 부장님 이름이 없더라구요."
"아, 그래요. 아휴, 할 수 없죠. 아마 발령 인원이 적었나봅니다. 1년 더 기다리겠습니다."

곁에서 대화 내용을 조용히 듣고 있던 아내와 딸은 숙연해졌다. 발령이 안 났다는 내용을 들어서 그런지 아쉬워하는 표정들이었다. 별수 없지 않겠나. 발령 명단에 이름이 없다는데 누구에게 하소연할 수 있겠나.

그래, 1년 더 기다리자. 지금까지도 기다리지 않았나. 2018년 8월에 교감 연수를 받고 햇수로 2년 반을 기다렸다. 교감 자리도 점점 줄어가고 있고 앞서 교감 연수를 받은 분들 중에도 기다리는 분들이 많았기에 각오는 하고 있었다. 하지만, 막상 명단에 이름이 없다는 얘기를 들으니 힘이 쪽 빠졌다.

그런데 갑자기 반전이 일어났다. 핸드폰에서 웃음소리가 크게 들려왔다. 여러 명이 웃는 소리였다. 학교에서 직원들이 통화하는 소리를 듣고 있었나 보다.

'왜 웃지?'

"교무부장님, 승진 발령 났어요. 많이 놀랐지요? 축하해요."
"네? 정말요? 감사합니다. 감사합니다. 교감선생님. 정말 감사합니다."

곁에 계셨다면 순간 부둥켜안아드리고 싶을 정도로 기쁨이 몰려왔다. 학교에 계시는 다른 교직원분들의 축하 소리도 들려왔다. 아니, 사람을 이렇게 놀라게 해도 되나? 가슴이 순간 철렁거렸다. 이미 학교에 있는 내 책상은 말끔히 비워놓은 상태였다. 교무를 할 선생님에게 업무를 인계한 상태였기 때문에 발령이 나지 않았으면 어정쩡한 상황이 연출될 뻔 했다. 천당과 지옥을 오고 간 기분이랄까.

집에서도 난리가 났다. 아내도 함박웃음을 터뜨렸다. 시크한 딸아이도 활짝 웃으며 아빠의 승진 발령을 기뻐해주었다. 막둥이는 환호와 함께 자기 일처럼 이리 뛰고 저리 뛰고 기쁨을 감추지 않았다. 큰 아이는 역시 표정의 변화가 없다. 많은 분들이 축하 소식을 전해 오셨다. 그 중에서도 가장 인상적인 축하 메시지는 떠나게 될 학교 총동문회 운영위원장께서 보내온 내용이었다.

"안녕하세요? 삼척으로 영전하심을 축하드립니다. 재학생 약 240명 규모의 학교. 참 열정적으로 일하시더니 좋은 소식을 가지고 이동하시니 더욱 반갑습니다."

핸드폰에도 불이 날 정도다. 아시는 분들이 정말 많이 전화해주셨다. 그중에서 나의 멘토가 되시는 교장선생님 한 분께서 이런 말씀을 해주셨다. 신규 교감인데 이쪽저쪽 청탁 전화를 거는 것은 모양새가 좋지 않으니 무조건 발령 내주는 대로 가겠다는 생각을 가지고 지금부터 침묵하는 게 좋을 것 같다고. 조금 더 편한 곳으로 갈까 싶어 아는 사람에게 이 학교 저 학교 보내달라고 조르는 것은 결코 좋지 않은 모습이니 지금부터 그런 전화가 오면 잘 처신하라는 뜻이었다. 맞다. 어디로 나든 무조건 발령 내주는 대로 가는 게 옳은 것 같다. 집 가까운 쪽으로 가겠다고 아는 사람에게 부탁하는 것도 모양새가 좋지 않다. 좀 편한 학교로 보내달라고 얘기하는 것도 스스로를 깎아내리는 모습이다.

'중요한 것은 일이 많고 적음이 아니라 직장에서 만나는 사람과의 관계다. 기도로 준비하고 겸손하게 나아가자.(2021.2.1.)'

'교원 책 출판 지원 프로젝트는 강원도에 있는 학교 교원들에게 작가가 될 수 있도록 지원해주는 사업이다. 출판사와 연결해주는 것뿐만 아니라 재정적으로도 뒷받침해준다. 예전부터 나에게 이런 꿈이 있었다. 50살 전에 내 이름으로 된 책을 쓴다. 이른바 버킷 리스트였다. 꿈이 현실이 된 거다. 글 쓰는 재주도 미천하고 열정만 있는 나에게 갑자기 찾아온 선물과도 같은 소식에 아직도 흥분이 가라앉지 않는다. 도전은 이렇게 시작되었다.(2021.1.12.)'

아침에 일어나(07:00) 책 읽고 서평을 썼다. 업무포털에 접속해서 공문을 보던 중 '2021 교원 책 출간 프로젝트 지원'이 눈에 들어왔다. 도전해볼까 하는 마음이 살짝 들었다. 오후에 자동차검사소 대행 업체에 다녀왔다. 한 시간 가량 소요된다고 하기에 기다리는 동안《올 웨이즈 데이 원》을 읽었다. 구글, 아마존, 페이스북 등 세계 기업의 혁신과 미래 생존기를 취재한 책이다. 앞으로 교감이 되면 교감의 삶을 책으로 써보면 어떨까 하는 생각이 들었다. 교감이 되면 이렇게 해야겠다는 생각으로 읽던 책에 메모를 하며 구상했다.

그리고 내게 기적이 일어났다.

2021 교원 책 출판 지원 프로젝트 출판 기획서 심사 결과 공문을 펼쳐보고 놀라지 않을 수 없었다. 5개 팀을 선정했는데 그중에 내 이름이 있는 것이 아닌가. 쿵쿵거리는 가슴에서 흘러나온 기쁨을 감출 수가 없었다. 나에게 이런 일이 일어나다니. 지금 다시 생각해도 가슴에 전율이 흐른다.

학교는 교육과정 중심의 공동체가 되어야 하며, 교감은 다시 그 중심에서 구성원들을 이끌며 협업을 자아내야 한다고 생각한다.

미래 교육의 역량 중 하나인 의사소통능력과 공동체 협업 능력은 앞으로 학교가 추구해야 할 방향이다. 학교 중간 운영자인 교감의 역할이 무엇보다 중요하게 여겨지는 시대다. 현장의 교감들이 현실에 급급하여 쫓기는 삶을 살기보다 미래의 가치를 품고 교육공동체를 만들어가는 동력원이 되어야 한다. 신규 교감이라는 새로운 시선으로 현장을 보고 듣고 느낀 바를 친숙한 형식으로 풀어내고자 했다.

초중등교육법에 제시한 교감의 임무를 현장에 맞게 적용하되 급변하는 미래 시대에 새로운 역할 모델을 제시하고자 했다. 거창한 모형을 제시하기보다 누구나 쉽게 경험하고 부딪치는 갈등과 문제점을 사례 중심으로 썼다. 해결해나가는 과정을 있는 모습 그대로 보여주고자 했다.

교감의 역할 전환, 교육공동체 구성원을 아우르는 모습, 교감으로 살아가는 모습을 담아냈다.

교육공동체의 새로운 변화를 갈망하고 기대하는 교직원, 학교 운영자를 준비하는 교사들, 교감(리더)의 역할을 새롭게 모색하고 있는 현직 교감 교장, 더 나아가 학교를 궁금해하는 학부모님들에게 작게나마 도움이 되었으면 한다.